# Que falta faz um corrimão

VALQUÍRIA
SGANZERLA

# QUE FALTA FAZ UM CORRIMÃO

TALENTOS DA LITERATURA BRASILEIRA

novo século®

SÃO PAULO 2016

Que falta faz um corrimão



**AQUISIÇÕES**
Cleber Vasconcelos

**PRODUÇÃO EDITORIAL**
SSegovia Editorial

**PREPARAÇÃO**
Alline Salles

**DIAGRAMAÇÃO**
Abreu's System

**REVISÃO**
Andrea Bassoto
Silvia Segóvia

**CAPA**
Lumiar Design

Texto de acordo com as normas do Novo Acordo Ortográfico da Língua Portuguesa (1990), em vigor desde 1º de janeiro de 2009.

**Dados Internacionais de Catalogação na Publicação (CIP)**

Sganzerla, Valquiria
Que falta faz um corrimão / Valquiria Sganzerla. – Barueri, SP : Novo Século Editora, 2016.
(Coleção Talentos da literatura brasileira)

1. Autoajuda 2. Felicidade 3. Superação I. Título

16-1190 CDD 158.1

**Índice para catálogo sistemático:**
1. Autoajuda 158.1

NOVO SÉCULO EDITORA LTDA.
Alameda Araguaia, 2190 – Bloco A – 11º andar – Conjunto 1111
CEP 06455-000 – Alphaville Industrial, Barueri – SP – Brasil
Tel.: (11) 3699-7107 | Fax: (11) 3699-7323
www.novoseculo.com.br | atendimento@novoseculo.com.br

novo século®

*Todo o meu amor à minha mãe que possibilitou que o livro saísse dos rascunhos e virasse realidade, obrigada!*

# Sumário

**NOTA:**

*por uma questão de ética,*
*os nomes dos médicos são fictícios.*

# Prólogo

*– Você está vendo? Não sou louca. Eu tenho alguma coisa de verdade. Eu não estava inventando quando dizia que sentia aquelas coisas esquisitas. Eu... não... sou... lou--ca! Tudo tem uma explicação. Está certo que tive que passar por aquele exame maldito para descobrir, mas valeu a pena. Agora, enfim, os médicos sabem o que tenho. Não preciso ser tratada como o patinho doente da família, de forma diferente, com todo o cuidado. Eu não sou doente. Pelo contrário, eu sou é forte e tenho uma saúde de ferro. Não sou a coitadinha, nem a maluca. Ufa, que alívio! Finalmente descobriram e, graças a Deus, não é um tumor. Já pensou ter que operar a cabeça para tirar um tumor e correr o risco de ficar com sequelas? Sem falar que poderia ser maligno, já pensou? Graças a Deus, não deu isso. O que deu, eu vou tirar de letra.*

# 1

# A única certeza

# Que falta faz um corrimão

SEMPRE IMAGINEI QUE a escolha do nome de um livro fosse a última coisa que o autor fizesse. Comigo, porém, foi exatamente o contrário. Assim que criei o projeto deste livro na minha cabeça, há mais de vinte anos, ele foi imediatamente batizado. *Que falta faz um corrimão* surgiu de forma natural e como se não existisse outra opção para o título.

No começo, quis falar da falta que faz um corrimão, aquela estrutura de arame, metal ou madeira que dá apoio às pessoas que têm o mínimo de dificuldade para andar e precisam descer e subir escadas se apoiando nela.

Desde 25 de junho de 1992, existe a lei municipal nº 11.228 na cidade de São Paulo, onde moro, determinando que as escadas coletivas tenham corrimãos para auxílio não só aos deficientes físicos e visuais, como às pessoas com mobilidade reduzida – isto é o que diz a lei, mas como também dizem que as leis foram feitas para serem desobedecidas, nem sempre há corrimão e os deficientes físicos têm que se virar como podem.

Sem falar nas outras dificuldades que se encontram pelas ruas da cidade, como a falta de guias rebaixadas, que poderiam tornar mais fácil a independência dos cadeirantes, garantindo-lhes o direito de ir e vir. Ou banheiros públicos adequados aos deficientes físicos com um mínimo de conforto, como ter portas para serem fechadas, garantindo, assim, a privacidade de cada um. Mas, voltando ao assunto do corrimão, ele pode ser fundamental para ajudar um deficiente a subir e descer uma escada. No meu caso, como portadora de esclerose múltipla, posso dizer que essa estrutura, seja lá de que material for, sempre foi muito importante para me impulsionar na subida dos degraus de uma escada e, depois, para me dar apoio e sustentação na hora da descida. Aiiiiii, que falta faz um corrimão quando ele não está onde deveria estar!

Meu objetivo, porém, nunca foi somente o de falar dessa estrutura que serve de apoio. Eu também quis chamar a atenção para a falta que faz ao deficiente – seja ele físico, visual, mental ou auditivo – outro tipo de corrimão muitíssimo mais importante: o corrimão do amor.

É fundamental para o deficiente poder contar com o apoio de alguém – pai, mãe, cônjuge, ou melhor, de todos os familiares e amigos – para lhe dar sustentação emocional, ajudando-o a enfrentar situações difíceis e suas limitações. Além das próprias frustrações que aparecem na vida de qualquer pessoa, imagine na de um deficiente, alguém que, como o nome já diz, tem deficiência para fazer alguma coisa. Não importa que ele saiba que ninguém é perfeitamente eficiente. Não é assim que funciona a cabeça de uma pessoa que se vê limitada e dependente. Ela precisa de alguém que saiba ouvir sem emitir julgamentos, com quem ela possa chorar e, sobretudo, abrir o coração.

Já faz mais de vinte anos que a história de escrever um livro começou. Sou jornalista e assim que eu tive meu diagnóstico confirmado, em 1993, foi natural para alguns familiares e amigos passarem a me sugerir escrever um livro sobre o assunto. A ideia até que me motivou, só que depois de algum tempo, com as primeiras tentativas, vi que essa tarefa não seria tão simples quanto eu imaginara. *Faço ou não faço? Insisto mais um pouco ou começo tudo de novo?* Depois de várias ponderações, confirmei que só queria contar para as pessoas sobre a minha experiência, compartilhando os sentimentos que invadiram meu coração. Queria falar que tenho medo, sim, do que possa acontecer comigo, mas que eu quero e posso ser feliz. Preciso falar que, independentemente do estágio da doença em que as pessoas portadoras de esclerose múltipla estejam, seus sentimentos precisam ser checados e fortalecidos dia após dia, para não permitir que baixem a guarda para os sintomas oportunistas.

Eu sei de todos aqueles ditados que podem jogar essa minha teoria por água abaixo, como “Pimenta nos olhos dos outros é colírio” ou “Se conselho fosse bom se vendia, não se dava". Também fui uma pessoa cética em acreditar que a força emanada do próprio interior de uma pessoa pudesse fazer diferença na sua vida.

Quis, finalmente, falar que é fundamental se sentir cada vez com maior disposição para contornar crises, driblar emoções e continuar comemorando o fato de, simplesmente, estar viva. Não sei como, nem por quê, mas escrevi este texto com a intuição de que a minha história poderia ajudar alguém que, talvez, precisasse checar seus próprios sentimentos diante de dificuldades. Mais do que isso, que precisasse se descobrir, como eu fiz: ser uma pessoa que não é tão materialista quanto se imaginara e que agora presta mais atenção e dá mais valor aos sentimentos que vêm do coração – do seu próprio e do de outras pessoas que nem sempre fizeram parte da minha vida. Tomara que eu não esteja errada...

# 2

# O diagnóstico

Era fim de tarde do dia 16 de fevereiro de 1993, quando meu marido e eu voltávamos exaustos para casa, de um cansaço emocional intenso, profundo. O Jacques, tentando disfarçar sua apreensão e ansiedade para obter mais informações sobre o que acabara de ouvir do médico. Eu, por outro lado, radiante, como se tivesse sido aprovada no vestibular. Com o resultado que eu tinha em mãos, naquele momento, deixava para trás uma vida inteira de medos, incertezas, surpresas desagradáveis e a sensação de que existia dentro de mim outra pessoa, tão carente para chamar a atenção sobre si, que manifestava problemas físicos sem nenhuma razão de ser.

A consulta ao neurologista havia colocado um ponto final naquela história de terror que, virava e mexia, ocupava meus pensamentos: *Não tenho explicação, mas sinto somente metade do meu rosto. O outro lado está adormecido, como se tivesse sido anestesiado.* Essa foi apenas uma das inúmeras queixas, muitíssimo esquisitas, que, vez por outra, eu fazia a quem me cercava.

Era uma situação duplamente desagradável porque, além de aquele incômodo estar realmente me afligindo, ele me tornava uma pessoa de humor instável, que ora estava bem e, outras vezes, estava com os nervos à flor da pele, a ponto de explodir. Eu raramente podia assumir um compromisso com muita antecedência porque não podia imaginar como estaria fisicamente na data marcada. Além do mais, aquelas reclamações, a princípio sem nenhum fundamento, podiam dar a impressão às outras pessoas de que eu era uma pessoa com um comportamento extremamente infantil, incompatível com uma mulher de 35 anos.

O Dr. Antonio, meu médico neurologista na época, tinha sido claro comigo na consulta que eu acabara de fazer:

– Valquíria, o que você tem é esclerose múltipla, uma doença neurológica de causa desconhecida, que ataca o sistema nervoso central de forma progressiva e não tem cura – disse, repetindo o resultado do exame de ressonância magnética que eu havia realizado no Hospital Israelita Albert Einstein.

Ele parecia estar mais chocado do que eu com a notícia. Os músculos do seu rosto ficaram contraídos e, imediatamente, ele passou a ter um ar sério e abatido. Imagino que o Dr. Antonio não esperasse que eu lhe apresentasse um diagnóstico bem mais difícil e surpreendente do que aquele que eu lhe levara, seis anos antes, quando me tornei sua paciente: a descoberta de uma hérnia de disco provocada por um problema congênito de má formação de uma vértebra na coluna, a L5-S1, que estava impedindo a passagem do nervo e provocando muita dor.

Naquela ocasião, eu também já tinha feito uma romaria aos médicos, ortopedistas e neurologistas, e só o Dr. Antonio havia enxergado meu problema. Na consulta em que recebi o novo diagnóstico, no entanto, foi bem diferente. O médico mal conseguiu disfarçar seu ar de desconforto por ter sido confirmado algo de tamanha gravidade. Ele sabia que eu já havia dado pistas de que pudesse ser alguma coisa bem mais séria do que ele teria imaginado anteriormente.

Antes de fazer a ressonância da cabeça com urgência, já havia me queixado a ele, por várias vezes, a respeito do meu desequilíbrio para andar, de como sentia as pernas pesadas e que, com frequência, tinha um cansaço, aparentemente, sem nenhum motivo.

– Acho que fugi da escola no dia dessa matéria – ele brincava comigo, principalmente depois que me examinava e não encontrava nenhum sintoma que lhe sugerisse algum novo quadro.

Desta vez, porém, ele foi direto:

– Vou lhe dar o nome de outro neurologista que é mais especializado nesse assunto e você irá fazer uma consulta amanhã mesmo – disse apressado, de forma lacônica, como se precisasse ficar sozinho para digerir aquela surpresa.

Eu, por outro lado, estava em tal estado de torpor que, de imediato, não me dei conta da gravidade da descoberta. Só queria comemorar o fato de ser uma pessoa normal, que não fantasiava sintomas para chamar a atenção da família, como eu mesma havia chegado a pensar durante vários anos. Não existiam mais fantasmas para me aterrorizar. Mas, na verdade, ainda não tinha "caído a ficha" sobre o que eu acabara de ouvir, nem para me preocupar com o que me esperava. Eu sabia, sim, o que tinha deixado para trás: a fase de surdez no ouvido direito durante quatro meses quando eu estava com apenas 18 anos e, um ano depois, a perda parcial da visão no olho direito, por quarenta dias. Dois sintomas graves que, cada um à sua época, ficaram sem nenhuma explicação, apesar de todos os exames realizados.

Daí a minha comemoração quando peguei o resultado do exame e descobri que, finalmente, eu tinha um diagnóstico que justificava minhas reclamações:

– Eu não sou louca! Não estava inventando aqueles sintomas esquisitos só para chamar a atenção! – eu falava para Jacques, aos berros, dentro do carro, em plena Radial Leste, em São Paulo, enquanto voltávamos para casa após a consulta ao neurologista.

Acho que quem me visse pensaria que eu estava literalmente radiante e feliz. Como as aparências enganam...

Isso, absolutamente, não correspondia à verdade. Anos mais tarde, descobri que se imaginar uma pessoa com pouco ou nenhum equilíbrio emocional é uma hipótese muito comum entre os portadores de esclerose múltipla, tal é a multiplicidade de sintomas da doença e, sobre a qual, na minha época de investigação, os médicos sabiam pouco ou quase nada.

Há mais uma coisa que é preciso deixar clara: não existe regra geral obrigatória de sintomas para se desenvolver essa doença. Ou seja, cada caso é um caso e, embora se saiba que a esclerose múltipla é uma doença progressiva, que sua progressividade vai depender do lugar e de quanto tempo vai levar para se instalarem no corpo do paciente aquelas famigeradas placas de falta de mielina (a bainha que reveste os nervos), não se pode esquecer que, como acontece em praticamente todos os diagnósticos, cada paciente responde e reage aos tratamentos prescritos pelos médicos de uma forma muito particular. Demorou muito tempo para eu perceber que os sintomas não são exatamente iguais para todos os pacientes e isso pode ser de grande alívio quando você se vê num estágio menos adiantado da doença. Por outro lado, quando se depara com um portador que está atravessando um quadro mais progressivo, não tem como você não se fazer uma pergunta para a qual ninguém tem a resposta: será esse o meu próximo passo?

# 3

# O be-a-bá da esclerose

COMO JÁ MENCIONEI, a ideia de escrever um livro permaneceu na minha cabeça por muito tempo. Em nenhum momento, o fato de ser jornalista facilitou a realização do meu projeto. Eu sempre soube que tudo o que eu não queria fazer neste livro era abordar a esclerose múltipla de forma técnica, científica, explicando detalhadamente tudo o que acontece com a bainha de mielina que reveste o sistema nervoso central do nosso corpo. Isto eu deixo para os médicos e suas teorias, que estão muitíssimo melhor preparados para tal tarefa.

A internet é verdadeira biblioteca virtual dessa doença crônica inflamatória do sistema nervoso central. É quase inevitável que um neopaciente que acabou de receber o diagnóstico não vá para a internet a fim de buscar mais informações sobre sua doença, e aí ele pode ter outro choque. Tudo o que se encontra nos sites de busca sobre esse assunto dá medo, muito medo do que você pode ter que passar na vida.

Se, por um lado, os prognósticos médicos e a ciência da futurologia não têm nenhuma importância porque ninguém sabe o que lhe aguarda nos seus próximos cinco minutos de vida, ter perspectivas negativas sobre o seu caso, por outro lado, é assustador.

Quem não se assustaria em saber que é portador de uma doença que não tem cura, é progressiva e pode acabar com a vida de um momento para o outro? E não é de uma morte simples que estou falando, porque esta talvez fosse mais fácil. A esclerose múltipla, por mais que mutile uma pessoa impedindo todos os movimentos do seu corpo, todos eles, não mata ninguém. Desde que eu descobri a doença, os médicos foram logo me avisando que eu não iria morrer por causa da esclerose múltipla, mas que provavelmente iria morrer com ela.

Eu, no entanto, por muito tempo fiquei imaginando que um sintoma pode levar a outro sintoma, que, por sua vez, leva a outro sintoma, e assim sucessivamente, e tudo acabar de uma vez, como no caso de uma parada respiratória. Eu também aprendi depois, que isso não acontece de uma hora para outra se o paciente estiver sendo monitorado por médicos e exames. Confesso, porém, que, mesmo após este entendimento, nunca mais deixei de pedir mentalmente, para que eu não tivesse problemas com o meu aparelho respiratório.

Acho que, passados mais de vinte anos dessa descoberta, posso contribuir, sem nenhuma pretensão e orgulho, com alguém que esteja vivendo uma experiência similar, com algumas reflexões que venho fazendo com o passar do tempo. E acredito que isso pode não se ajustar apenas aos portadores desse mesmo diagnóstico.

Sempre ficou claro para mim que eu queria compartilhar a minha experiência em conviver, diariamente, dia após dia, com a esclerose múltipla. Contar como isso é difícil, como o paciente tem, muitas vezes, pena de si mesmo e como pode se instalar na nossa vida um medo que nunca vai passar.

Entretanto, eu não gostaria de me concentrar somente nos aspectos negativos que a doença provoca em quem é portador. Acredito que qualquer pessoa com um diagnóstico sério, sobretudo os de doenças crônicas e autoimunes, também tenha muitos aspectos negativos para ressaltar.

Senti falta de uma cartilha, tipo be-a-bá mesmo, que me tivesse antecipado algumas situações que poderiam ter facilitado minha vida! Este manual, se é que se pode chamar assim, não é para falar do que ocorre com quem desenvolve a doença, do ponto de vista físico. Isso, os livros, jornais e revistas se encarregam de mostrar e definir, rapidamente, como uma patologia que pode causar cegueira e invalidez.

Só que não foi tão simples assim como eu imaginara. Eu pensava por que, afinal de contas, as pessoas iriam se interessar em ler a minha história? Que grande diferencial ela teria? Como jornalista, aprendi que eu, para exercer bem a profissão, deveria ficar sempre por trás das câmeras e em busca de notícias. Nunca na frente delas. E agora eu estava pensando em escancarar de uma vez toda a intimidade das minhas fraquezas e me expor para o mundo, incluindo pessoas que eu não conheço e que certamente vão emitir algum julgamento? Será que alguém iria me achar piegas demais por falar do instinto de sobrevivência que foi tomando conta da minha vida?

*Valquíria, pensa bem. Aí, sim, é que você poderia estar louca*, eu ponderava sozinha, acreditando que teriam histórias piores ou mais graves do que a minha, já quase sacramentando que o livro estava fadado a não sair dos rascunhos. Afinal, eu não iria abordar nenhuma novidade de tratamento médico ou alardear uma descoberta importante.

Chegou um dia, no entanto, que não deu mais para continuar na dúvida do "escrever ou não escrever": *Chega, Val! Pare de ficar questionando sobre até que ponto é importante o que você vai abordar. Você não está querendo concorrer a uma vaga na Academia Brasileira de Letras, nem está pensando em ganhar um prêmio de jornalismo*, disse a mim mesma.

É verdade que a esclerose múltipla atinge uma porcentagem quase insignificante da população, se comparada a outras doenças. Existem estimativas que mostram que no Brasil há cerca de 35 mil portadores da doença, segundo informações da ABEM, a Associação Brasileira de Esclerose Múltipla.

Minha intenção sempre foi a de simplesmente falar sobre os sentimentos de quem passa por situações como as que passei, mas sob o olhar da emoção: contar como se pode ir ao fundo do poço e retomar a vida com mais lucidez.

Quero falar da minha teimosia em aceitar que uma doença, provocada por mim mesma (já que as minhas células destroem a si mesmas, conforme explicam os médicos), seja a responsável por tantas coisas que me foram tiradas. Quero dividir emoções, compartilhar e falar, sobretudo, do sentimento de impotência que recai sobre uma pessoa que tem um diagnóstico difícil, daqueles que não deixam aos pacientes muitas alternativas – ou, definitivamente, nenhuma –, mas que permite que eles continuem com suas faculdades mentais rigorosamente em perfeita lucidez.

Eu nunca soube encarar as dificuldades que tive na vida, seja em que área fosse, tendo um comportamento passivo, sem manifestar minha opinião ou até mesmo contestar, se fosse o caso. Na maioria das vezes, sendo firme e pragmática, precisava ter controle sobre tudo o que me envolvia.

Agora, de uma hora para outra, posso perder o comando das rédeas da minha vida. E isso independe da minha vontade. Tive que aprender a conviver com uma urgência diferente na vida: aproveitar todos os momentos e situações da melhor forma, fazendo tudo o que me for possível antes que os sintomas me abatam de vez. Só que, nem sempre, meu ritmo físico corresponde aos meus desejos. Os médicos com quem estive não me anteciparam esse conflito que iria me assolar inúmeras vezes depois que obtive o diagnóstico: "Eu quero, mas não posso"; "Eu quero, mas não consigo".

Tive que descobrir sozinha como lidar com esses momentos de tensão e de frustração. Por mais que você tenha o apoio de alguém em quem confie, há determinados caminhos, certas escolhas que o portador de um problema físico ou o paciente de uma doença mais séria tem de descobrir por conta própria o que é melhor. Só o paciente pode chegar à conclusão sobre de que jeito ele vai lidar com os sentimentos negativos que vão ruminando seus pensamentos a respeito de tudo o que ele está perdendo na vida e sobre o que ainda lhe poderá acontecer.

# 4

# Memórias eternas

PASSADA A SENSAÇÃO de alívio inicial por ter descoberto a causa verdadeira para meus sintomas, vivi momentos bastante confusos, entre a apatia e o medo, de uma forma que mal me reconhecia.

Primeiro, foi a recusa em aceitar e me conformar com uma doença que, segundo a explicação médica, fazia as minhas próprias células se destruírem. Para mim, parecia uma afronta à minha inteligência.

*Isso não faz sentido*, pensava, sem me convencer.

Mas tenho que admitir que, desde então, passei a viver com uma lança fincada no peito, que pode acabar com a minha vida a qualquer momento. E isso não significava necessariamente a morte que, talvez, pudesse ser até mais simples.

Depois, tive que conviver com minha total ignorância sobre esse assunto médico e, num paradoxo, recusar-me a obter qualquer informação que me ajudasse a compreender melhor.

– Jacques, como é mesmo o nome da doença?

– O médico falou que é esclerose múltipla.

– Ela vai ser um estrago na minha vida, não vai? Puxa, já fiquei surda, cega e, agora, o que vai ser? Vou ficar paralítica?

– Calma, veja o tempo que você levou até descobrir a doença vivendo normalmente. Tem que ser otimista. Depois, como foi dito pelo médico, há cientistas tentando descobrir a cura da esclerose. Nós precisamos ter esperança de que eles vão conseguir.

– Jacques, eu estou com medo. Mas vou te falar: vou ser mais forte que a doença, ouviu? Ela não vai me derrubar. Nem vou ter que usar fraldas, entendeu? – dizia eu, em alto e bom som, sentindo-me forte o bastante para ganhar a batalha, que estava só começando.

Parecia que eu estava anestesiada, não querendo realmente entender tudo o que estava ocorrendo à minha volta. Era como se todas aquelas previsões de saúde não se referissem exatamente a mim.

– Teria sido melhor ter pedido a Deus que eu tivesse um tumor na cabeça, como o médico chegou a suspeitar. Pelo menos, seria só uma questão de operar, rezar para não ser um câncer e para não ficar com nenhuma sequela da cirurgia. Jacques, isso está mesmo acontecendo comigo?

Por total ignorância no assunto, eu achava que meu estado físico poderia piorar de uma hora para outra. Seria como se eu tivesse ido dormir enxergando tudo o que meus olhos pudessem ver e corresse o risco de acordar completamente cega no dia seguinte.

Lembro-me de todas as manhãs, antes de sair da cama após acordar, fazer movimentos com os pés, mexendo-os de um lado para o outro, para frente e para trás, só para checar se eu ainda tinha controle sobre eles.

A mesma coisa eu fazia com as mãos, os braços, as pernas, a cabeça... Ufa! Quanta tensão causada pelo medo de me deparar com um resultado negativo.

Hoje, entendo que os últimos acontecimentos tinham-me exigido suportar uma carga emocional muito pesada. Eu já estava fragilizada pelo próprio estado físico, mas as experiências pelas quais tive de passar também não foram das mais fáceis...

Para começar, passar pelo exame de ressonância magnética na cabeça me pareceu estar em um cenário perfeito de filme de terror. Cheguei a pensar que eu tinha sido enterrada viva, dentro de um caixão superapertado, onde mal conseguia respirar. Não estou sendo dramática, não. Nas duas horas que durou o exame, tive que ter uma dose extra de calma e paciência para me controlar. E precisei fazer muita oração para manter-me quieta e não gritar, pedindo socorro. Eu ficava concentrada, rezando o Pai Nosso e a Ave-Maria, intercalados pela marcação nos dedos das mãos: o polegar começava com Pai Nosso e, no indicador, era a vez da Ave-Maria; com o dedo médio vinha de novo o Pai Nosso e, no anular, a Ave-Maria; no mindinho, Pai Nosso e, assim, sucessivamente, até terminar aquele pesadelo.

Anos mais tarde, lendo o livro *Veia Bailarina*, de Ignácio Loyola Brandão, encontrei alguém que certamente entenderia como me sentira naqueles momentos de tortura. É que o autor também precisou, por outras razões, fazer uma ressonância magnética, e descreveu suas aflições de um jeito muito parecido com as minhas lembranças.

Depois, não posso esquecer que, até chegar a fazer esse exame, vivi momentos de extrema apreensão, ouvindo a opinião dos médicos sobre a possível razão para minhas queixas. Durante muitos meses, talvez anos, eu apresentava como queixa um mal-estar que me fazia sentir extremamente cansada e me impedia de andar em linha reta. Não chegava a ser exatamente tontura, mas parecia que eu estava com labirintite (aquele probleminha no aparelho auditivo, mais comum em pessoas idosas). Além disso, sentia as pernas muito pesadas e sem nenhuma firmeza.

Até que, um dia, caí na rua, sem mais nem menos, bem em frente à empresa onde eu trabalhava na época: uma grande agência de propaganda. Para minha sorte, muita gente veio me socorrer e me ajudar a caminhar até minha sala. E, claro, todas as pessoas recomendaram que eu procurasse um médico. *Como se eu já não tivesse feito isso*, eu pensava. Foi, então, que uma grande amiga com quem eu trabalhava me sugeriu fazer uma consulta com um ortopedista, muito famoso, amigo de sua família.

– Falando em nome de meu pai, você consegue um horário para hoje – disse ela.

E foi assim mesmo que aconteceu. O médico era mesmo muito importante e tinha uma agenda de consultas bastante disputada, mas fui ao consultório dele naquela mesma tarde. Não foi preciso muito tempo me examinando para ele sugerir a possibilidade de eu ter um problema neurológico.

– Seu médico não percebeu que você tem esclerose múltipla? – ele me perguntou de forma seca e direta, e eu sentindo como se tivesse levado um soco no estômago.

Depois de saber que, sim, eu já me tratava com um neurologista, ele, muito surpreso, queria que eu me internasse no Hospital Israelita Albert Einstein (onde estava sua equipe médica) para fazer outros exames e iniciar um tratamento imediatamente.

*Como é que eu vou? Mal conheço esse médico. O que ele está falando? Eu quero é procurar o meu médico e ouvir a opinião dele*, pensei e tomei essa decisão com meu marido, que tinha me acompanhado e estava tão assustado quanto eu com tudo o que acabáramos de ouvir.

Voltei ao consultório do meu neurologista, o Dr. Antonio, que, mesmo surpreendido, solicitou um exame de ressonância magnética na cabeça, se possível, para o dia seguinte.

– Com urgência! – ele enfatizou.

Precisei de um tempo para me acostumar com o diagnóstico e, mesmo hoje, ainda tenho sobressaltos a cada ameaça de uma eventual crise. O laudo da ressonância não deixou dúvidas: havia lesões características de esclerose múltipla. Depois disso, a cada crise, era-me receitada cortisona, até então, o único remédio para suspender ou aliviar os sintomas.

Que ironia do destino! Eu tinha tanto medo de sequelas, caso tivesse que operar a cabeça para tirar um tumor e, agora, posso ter mudanças físicas drásticas, repentinas, sem passar por nenhuma cirurgia. Posso ficar cega, paralítica, posso perder o controle dos esfíncteres e ainda não conseguir fazer tudo que dependa de controle muscular.

Certo dia, logo após aquela crise que me levou à descoberta da doença, lembro-me de ter ido ao supermercado, mas, devido à dificuldade para andar, fiquei na porta de entrada apenas observando o movimento dos clientes. Foi a primeira vez que me dei conta do que estava acontecendo de verdade. E chorei. Tanta gente passando pelas caixas registradoras e andando normalmente... Parecia que ninguém poderia ter esclerose múltipla, a doença da qual eu nunca tinha ouvido falar.

*Valquíria, você foi premiada, ganhou na loteria. Só que na loteria do azar, aquela que só traz dissabores e prejuízo na vida*, eu dizia a mim mesma.

Naquela época, eu pouco sabia sobre como era o quadro físico e neurológico do paciente. Por isso, só ficava pensando nas situações extremas do que poderia ocorrer. Numa dessas vezes, fiz a maior besteira da minha vida profissional, da qual me arrependi muito, mais tarde. Pedi demissão da empresa onde eu trabalhava, um ano depois de ter sido diagnosticada com esclerose múltipla. Acreditava que se eu ficasse descansando em casa por algum tempo, poderia me fortalecer, voltar a ter a mesma energia e disposição física que eu tinha antes da crise e, enfim, seguir com a rotina de trabalho sem tanto sacrifício para manter-me em pé. Quanta ingenuidade! Joguei fora um bom emprego, passei a ter dias extremamente enfadonhos por não ter nada de produtivo para fazer e, o que era pior, esse repouso obrigatório não melhorou em nada minhas condições físicas.

Desde então, descobri que eu tinha que aprender como era ser portadora de esclerose múltipla, o que dependia de mim e era radicalmente o oposto da minha vontade. Por exemplo, no tempo em que eu ia aos shoppings centers para fazer compras de Natal, aconteceu, algumas vezes, de eu ter que voltar para casa para descansar e só depois prosseguir com aquela maratona de compras. Depois que surgiram os carrinhos à bateria para o deficiente físico dirigir e se autotransportar em shoppings e supermercados, tudo ficou mais viável para mim.

Com relação ao abandono do emprego, foi outra história. Talvez, no momento dessa decisão, eu precisasse somente de um fôlego para respirar devido aos últimos acontecimentos, o que quer dizer interromper a rotina de trabalho por alguns dias para descansar, requerendo férias ou até licença médica. Caso tivessem me explicado que me sentir cansada fazia parte do quadro da doença e que teria que conviver com esse sintoma para o resto da vida, as coisas poderiam ter tomado outro rumo! Porque, quando estou bem e descansada, tenho disposição para trabalhar e produzir. Se isso tivesse ficado claro antes, eu teria tido pelo menos uma chance para escolher o que realmente queria fazer. Se...

Seis meses depois do meu pedido de demissão, eu já estava de volta à Editora Abril, onde tinha trabalhado anteriormente por alguns anos e onde tinha amigos que sabiam das minhas dificuldades de saúde e queriam me ajudar a voltar ao mercado. Foi um recomeço...

# 5

# O amor, um santo remédio

Assim como eu, Jacques, meu marido, ficou muito abalado com o diagnóstico. Também como eu, ele não sabia exatamente do que se tratava a doença. Mas, com seu jeito otimista, interessado, ele me deu muita força para superar a crise da descoberta, a primeira em que eu tive que tomar injeções de cortisona para melhorar o quadro médico. Sempre brincalhão e divertido, lembro-me da vez em que ele estava preparando, especialmente para mim, o recheio de uma pizza, naqueles primeiros dias de dieta sem sal, para eu não correr o risco de inchar.

– O que eu vou comer hoje? É sábado e já passei a semana toda comendo comida sem sal. Queria alguma coisa diferente – eu disse, de forma manhosa.

– Se quiser, irei à feira, posso comprar um pedaço de atum, temperar bem temperado, apesar da falta de sal, e fazer um recheio para a pizza. Na massa, o sal vai estar tão diluído que não vai fazer muita diferença. Ficará ótimo! – animou-me Jacques, confiante.

Para falar a verdade, acho que a confiança dele era de que eu iria melhorar e sair da crise. Sobre a pizza ficar boa... ele tinha certeza de que ficaria. Como, de fato, ficou. Mas o carinho e a atenção do meu parceiro, confirmando as palavras do padre que profetizou no nosso casamento: "Juntos na saúde e na doença", foi o que fizeram a diferença no meu estado de ânimo.

Como todo casal, também tivemos nossas diferenças, mas, com relação à doença, não tenho do que me queixar: Jacques foi parceiro, cúmplice e insistiu para minha resistência não acabar. Às vezes, até que eu gostaria que ele me tivesse deixado chorar e ter pena de mim mesma. Ele praticamente não permitiu que isso acontecesse. Acho que teria sido muito difícil para ele me ver desse jeito e que, para sua própria sobrevivência, ele se recusou a me ver tão para baixo. De uma coisa eu tenho e sempre tive absoluta certeza: ele sofria tanto quanto eu. Não tenho nenhuma dúvida.

Na verdade, minha vida toda, mesmo antes de conhecer meu diagnóstico, pude usufruir do que eu chamo de corrimão de amor na convivência com minha família. Meu marido Jacques sempre foi meu porto seguro para todas as minhas emoções e eu o amo muito mais por isso. Minha filha Sheila também sempre esteve ao meu lado, querendo, à maneira dela, não me deixar desanimar.

Sei de várias relações de casamento que se romperam após a descoberta de esclerose múltipla num dos parceiros. Ou, então, de um parceiro querer que a sua cara-metade, portadora de esclerose múltipla, continuasse agindo como se não tivesse a doença e ficar cobrando por todas as suas deficiências e limitações. Esse, definitivamente, não foi o meu caso.

Para completar minha felicidade, sou mãe de uma linda morena de 34 anos. Ao contrário dos prognósticos médicos a respeito de gravidez em portadoras de esclerose múltipla, eu não tive nenhum problema, nem muitos enjoos. Somente depois da descoberta da doença (ainda bem!), soube que não é recomendável que uma mulher com esse diagnóstico fique grávida, sob o risco de ter alguma crise e precisar tomar medicamentos extremamente fortes. Isso não aconteceu comigo e, àquela altura da minha vida, eu sequer imaginava que poderia, um dia, ter um problema dessa grandeza. Tudo deu rigorosamente certo durante os nove meses de gestação e o parto normal foi perfeito.

Demorei bastante para falar claramente com Sheila sobre o diagnóstico. Assim que soube o que tinha, achei que não havia necessidade de falar com ela sobre a gravidade da doença. Ela tinha 10 anos e eu achava que, fazendo isso, só iria atemorizá-la. Será que eu iria chegar exatamente no ponto final da doença com a total perda de movimentos? Ou será que só porque tinha esclerose múltipla eu iria, obrigatoriamente, ficar cega? Essa possibilidade, àquela altura, só iria assustá-la. Com o passar do tempo, porém, o quadro foi ficando completamente diferente; ainda mais com a chegada, tempos depois, da internet e do Google.

Conforme minha filha foi crescendo, ela foi se inteirando do assunto. Não demorou muito para que tivesse informações sobre esse diagnóstico. Também foi um pulo para sofrer as consequências do meu quadro. Ela mesma conta que, na escola, na sua fase de ginásio, bastava eu não estar bem e ter uma crise para que ela sentisse dores na cabeça, nas pernas e tivesse indisposição – ela, sim, tinha tudo para somatizar esses sintomas. Sua orientadora já sabia que, muito provavelmente, as coisas em casa não estariam indo bem e fazia com ela um trabalho emocional bastante atencioso, na tentativa de aliviar a carga que minha filha estava carregando.

O estado emocional conta muito para todos nós, em casa. E eu é que, como a maestrina dessa nave familiar, fico dando os sinais da rota: se estamos sob chuva e tempestade ou sob mares calmos e serenos. Por mais que eu não queira me sentir sobre uma gangorra, que ora está em cima e ora está embaixo, é difícil não pensar assim ou imaginar que deveria ser diferente. É claro que, agora, tenho mais consciência disso e procuro fazer um trabalho de interiorização quando percebo que estou prestes a ter um novo período ruim de saúde. Mas nem sempre dá certo. Eu preciso da compreensão de todos para a oscilação do meu humor em função da variação dos sintomas da esclerose. Muitas vezes, mas muitas vezes mesmo, acordo me sentindo bem e vou dormir como a mais infeliz das mulheres porque, durante o dia, a situação mudou completamente com o aparecimento de um novo sintoma. É mesmo uma gangorra ou, então, uma montanha-russa, com muitos altos e baixos. Não dá para definir melhor o panorama. O único problema é ter que encarar esses brinquedos permanecendo com o humor em alta.

Como em qualquer família, nós temos as queixas normais uns dos outros e temos direito a variações de humor durante um mesmo período. Eu sei disso, porém, quando uma pessoa, no caso, eu, está limitada e dependente de alguém, é muito mais fácil olhar somente para o próprio umbigo. Quando eu reclamava, por exemplo, que Jacques não entendia a minha falta de sensibilidade nas mãos para pegar coisas pequenas, como um botão de camisa ou a tarraxa de um brinco, era um impasse só. Tanto para ele entender, quanto para eu pegar essas peças minúsculas.

É verdade que sou uma pessoa muita desligada para prestar atenção nos detalhes do que está acontecendo à minha volta. Assim como atropelo as palavras pela minha habilidade de pensar ser melhor do que a de falar, também nunca fui muito sossegada para fazer as coisas em casa. Pensando bem, acho que sempre fiz tudo de forma rápida, sem perder muito tempo. Só que, um dia, começaram a acontecer alguns pequenos acidentes domésticos. Como eu, por exemplo, achar que teria passado um copo para Jacques pelo simples fato de ter esticado o braço em sua direção. Contudo, como eu não acompanhava com o olho o que estava fazendo, acabava derrubando o copo no chão. Ou, então, acreditar que estivesse apoiando um vidro de geleia sobre a mesa do café da manhã, quando, na verdade, deixava-o de forma inclinada, sobre um pires ou uma faca, fazendo, consequentemente, a maior sujeira.

Reconheço esse meu jeito estabanado de agir. Só que hoje sei que não é só ele o responsável pelos meus desastres caseiros. Não sinto determinadas coisas nas quais toco, por isso preciso ter o dobro da atenção.

Anos mais tarde, terapeutas ocupacionais me explicaram que eu não tenho tato fino, o que quer dizer, de forma leiga, que alguns dos receptores que existem na nossa pele (e são especializados em receber os estímulos de mudança de pressão e de temperatura, toque e dor), estão, no meu caso, avariados.

Para contribuir com o quadro, não tenho muito equilíbrio. No dia a dia, as coisas realmente não são tão fáceis. Muito pelo contrário. Imaginem como é difícil para eu pegar o sabonete que caiu no chão durante um banho de chuveiro. Ou, então, o tempo que perco abotoando a camisa quando vou me vestir. Nunca me ensinaram, de maneira lúdica, o quanto isso é importante. Inúmeras vezes me pegaram blasfemando e dizendo que gostaria de ter uma camareira exclusiva só para fechar os botões das minhas blusas e amarrar o cadarço dos meus tênis. E pôr brincos então! Eu pouco uso esses acessórios. Por quê? É que simplesmente não sinto aqueles fechos minúsculos que mal dá para segurar. Há, ainda, aqueles nós feitos nos sacos plásticos de biscoitos, ou nos sacos de supermercado, que são quase impossíveis de serem desatados:

– Alguém pode abrir esse saco de biscoito, POR FAVOR? – Peço a quem estiver ao meu lado, de forma abrupta e sem paciência com minha falta de habilidade.

Aaaaaaiii!!! Há uma lista imensa de coisas que não consigo fazer sozinha. Coisas tão simples e óbvias que, só depois de alguns anos, aprendi a encarar todas essas dificuldades sem sentir tanta raiva. Até sobre a minha falta de tato fino nas mãos, já fiz muita terapia ocupacional para tentar reverter essa sensação: ficava brincando de pôr e tirar feijão de dentro de uma bacia; ou, então, fazia isso com bolinhas de gude e, neste caso, ainda tinha que fazer, simultaneamente, flexões de perna e abdome para recolher as bolinhas que insistiam em ir ao chão.

No entanto, o pior é eu ter que depender de outra pessoa. E ainda mais: depender da hora e do momento em que essa pessoa quer ou está disposta a me ajudar. O que, claro, dificilmente coincide com a hora em que eu quero resolver meu problema, seja ele qual for.

Talvez, por mais que as pessoas achassem (pelo menos era o que eu acreditava), nunca fui uma pessoa preguiçosa, que sempre dependia dos outros para fazer qualquer coisa. Cá entre nós, a descoberta da esclerose múltipla me libertou de alguns conceitos que eu achava que as pessoas tinham sobre mim. Incomodava-me não aguentar fazer longas caminhadas na praia com os amigos ou, então, começar a fazê-las e, depois, ser a estraga prazeres e interromper o passeio por não conseguir dar nem mais um passo na areia. Ou, ainda, não acompanhar o ritmo de outras pessoas no manuseio de louças e travessas durante a preparação de um almoço em família e ficar sempre me desequilibrando enquanto carregava um prato. Eu parecia um pudim que balançava, como se fosse desmanchar! Agora sei que todos aqueles sintomas, do cansaço à falta de equilíbrio, eram originários da doença.

Mas, por mais que seja difícil entender a variação do meu comportamento na época de juventude, sempre fui uma pessoa independente, disposta, na medida do possível e do meu tempo, que pegava o carro e ia às compras ou ao trabalho por conta própria, a hora que quisesse. Isso tudo mudou! De alguns anos para cá, são as pessoas que me levam na hora que lhes for conveniente, e eu ainda tenho que achar muito bom. Hoje, realmente, sou uma mulher dependente. Por mais que eu resista, preciso de ajuda para as mínimas coisas. Por outro lado, já não tenho receio ou vergonha de pedir ajuda seja lá a quem for. Pode ser o guarda do banco ou uma pessoa que esteja passando perto de mim na rua, não importa: se eu precisar de ajuda, peço sem tantos pudores como os que eu tinha antigamente.

Encaro uma ida ao supermercado com muita naturalidade hoje! Por vários anos, fiquei impossibilitada de ter esse compromisso que, aliás, sempre fez parte da minha agenda doméstica. O mesmo vale para a questão dos shoppings centers. Quando preciso fazer uma compra num lugar como esse, vou direto à loja onde imagino encontrar o produto que desejo, sem ter que rodar todo aquele centro de compras.

Há muito tempo, existe um equipamento que foi uma conquista para pessoas com deficiência física poderem preservar sua autonomia: os carrinhos à bateria que elas mesmas podem dirigir e se deslocar, para lá e para cá. É fantástico! Para alguém como eu, que já não dirige de verdade há mais de quinze anos, é muito divertido comandar o carrinho. É verdade que é preciso ter noção de direção, mas é como se eu estivesse brincando num daqueles carrinhos dos parques de diversão ou dos jogos de videogame. No início, porém, não foram momentos de tanta diversão. Também sinto que as pessoas que me veem, toda bela e formosa, dirigindo o carrinho dentro do supermercado cheio, parecem ter um olhar de reprimenda. *Que folga dessa moça! Tão jovem e fazendo compras com tanto conforto.* É isso que imagino que todos pensem, embora eu já tenha realmente ouvido esse tipo de comentário.

Meu humor, muitas vezes, equipara-se à estatura do meu pé. E a simples falta de corrimão numa escada em que eu quero subir ou descer pode ser uma razão para isso acontecer. Quem tem esse tipo de dificuldade – um idoso, por exemplo, e, muito mais, um deficiente físico – sabe como um corrimão fixado numa escada pode ser uma "mão na roda" para ajudar a enfrentar seus degraus. Pena que nem sempre se ache corrimão nos lugares em que seriam necessários. Esse acessório já foi motivo de lei para justificar a obrigatoriedade da sua colocação em locais públicos, externos. Pode parecer bobagem, mas é raro alguém não se abater com as negativas que a vida lhe impõe. Acredito – e sei por experiência própria – que a falta de corrimão pode ser um grande motivo para deixar qualquer pessoa que tenha limitação física completamente para baixo.

Hoje, entendo que para quem não tem dificuldade física, pode ser difícil imaginar como se sente uma pessoa que tem. Ter limitações físicas na vida dói demais. Precisa mais do que contar até dez para não esboçar alguma reação. Em muitos momentos, quando estamos frente a algum tipo de dificuldade, a respiração fica comprometida, os batimentos do coração tornam-se acelerados e um cansaço total se instala no corpo. Dá impressão de ser um quadro irremediável.

Faço, propositalmente, uma analogia direta do corrimão, daqueles fincados na lateral das escadas, com o corrimão de apoio da família e de amigos dos portadores de qualquer deficiência. Sei que é difícil para todos eles assistirem a tudo o que acontece com alguém que é querido e amado e não poder fazer nada para reverter o quadro. A recíproca também é verdadeira. Lamento que minha família tenha de assistir, mesmo contra a vontade, a um filme que pode não ter um final feliz. Mas a vida é assim, cheia de surpresas, boas e ruins.

# 6

# Lembranças que deixam marcas

Que falta faz um corrimão

Estou com 58 anos, sou uma mulher simpática, interessante e algumas pessoas até me acham bonita. Para falar a verdade, cuido da minha aparência o tempo todo, porque sou extremamente vaidosa. Quero estar bem, bonita e elegante para mim mesma. Reconheço, no entanto, que as pessoas se surpreendem ao constatar minha aparência física depois de saberem que sou portadora de esclerose múltipla. É como se a surpresa ficasse por conta de perceberem que ainda não me sentei numa cadeira de rodas definitivamente, não fiquei cega, nem perdi o controle dos meus órgãos e músculos, apesar de ter a doença há tantos anos.

Talvez tenha que concordar que esse não é o quadro mais comum que se vê em casos de diagnósticos mais antigos, talvez justamente pelo fato de a doença não ter cura e ser progressiva. Eu, no entanto, não quero ser espelho para outras pessoas que também têm esse mesmo diagnóstico. Tenho consciência de que, em muitos casos, não é assim, e chamo a atenção de que cada caso é um caso. Acho que as placas de mielina que foram destruídas no meu sistema nervoso central estão todas concentradas no meu cerebelo. É difícil não ter equilíbrio para fazer coisas práticas! Pendurar uma roupa no varal? Nem pensar. Cozinhar ou coar um café? Cuidado para não se queimar.

Ao longo desses quarenta anos nos quais imagino estar desenvolvendo a doença, já tive vários acidentes de percurso e, por isso, sei que eles são infinitamente desagradáveis e nos fazem sentir dor na alma, se é que isso é possível. Aprendi, depois de todo esse tempo, que paciência é o nome do jogo que tenho que gostar de jogar todos os dias. Só lamento que não esteja me referindo às cartas dos quatro naipes do baralho.

Sempre fui uma pessoa de bem com a vida. Na infância, na juventude, tudo parecia caminhar para um final feliz. Pelo que minha mãe conta, a única doença mais preocupante que tive enquanto bebê foi uma otite mais séria. "Por dias fiquei sem trocar a roupa do corpo", lembro-me de ela dizer toda vez que nos contava o episódio. Mas, afinal, quantas crianças não enfrentam alguns probleminhas de saúde enquanto estão crescendo? É normal, claro. E assim foi comigo: catapora, caxumba, sarampo e escarlatina – foram doenças que meus irmãos e eu tivemos ao mesmo tempo. Sou a "salsicha" de três filhos: tenho uma irmã mais velha e um irmão mais novo. Foram dias de febre e bastante trabalho para a mamãe, mas também dias de muita diversão, com diversas brincadeiras entre nós, para passar o tempo no quarto que dividíamos.

E o tempo passou mesmo. Fomos crianças normais e sadias, até que cada um procurou encontrar seu próprio caminho. Eu cursei faculdade de Jornalismo. Foi, aliás, durante os exames do vestibular da Faculdade Casper Líbero, que apareceram os primeiros sintomas estranhos. No fim de semana que antecedeu esse evento estudantil, fui assistir ao treino de uma corrida de Fórmula 1, no autódromo de Interlagos, em São Paulo. E, mais do que o barulho ensurdecedor dos carros, minha surpresa ficou por conta do meu ouvido direito que, depois do treino, não ouvia o tique-taque do relógio que estava no meu punho.

– Jacques – que então era meu namorado –, me empresta o seu relógio?

– O que foi? Por que essa cara de susto?

– Não estou ouvindo o tique-taque do meu relógio. Será que ficou assim por causa do barulho dos carros? – perguntei aflita.

Na minha casa, a notícia também assustou meus pais. Minha mãe não perdeu tempo e, imediatamente, marcou uma consulta no otorrinolaringologista da família. Depois de examinar meu ouvido, ele me pediu para fazer um quatro com as pernas – aquele exame que os guardas pedem para saber se os motoristas estão dirigindo embriagados. Fui reprovada.

– Então, fique com as pernas abertas, os olhos bem fechados e com os braços esticados para os lados – orientou-me o médico.

*Isso é fácil!*, pensei.

Mas oooops... Quase caí ao tentar fazer o teste. O diagnóstico do médico, à primeira vista, foi labirintite, e me foram prescritos remédios para isso. Mas meus pais não ficaram completamente satisfeitos com o resultado e, muito aflitos, acharam que deveriam ouvir uma segunda opinião sobre meu caso.

Mais consultas, novos exames, dessa vez até no Hospital do Servidor Público, em São Paulo, que, naquela época, era um dos mais bem aparelhados, com equipamentos de ponta. Lembro-me de ficar deitada numa mesa, tipo cirúrgica, e um aparelho, como se fosse uma enceradeira gigante, ficar passando sobre a minha cabeça, fazendo fotos de raios X. Tanto vai e volta de enfermeiros e toda aquela parafernália não serviu para nada.

Enquanto isso, os exames de audiometria – aquele em que o paciente fica com um fone de ouvido na cabeça e tem que apertar um botão, fazendo o sinal de positivo para o operador da máquina toda vez que ouve o som emitido pelo aparelho – confirmaram que eu estava completamente surda do ouvido direito.

– Como você está surda, hein, minha filha?! – lembro-me da reação de uma enfermeira.

Hoje, essa passagem já não tem tanta importância, mas, naquela época... Eu era uma jovem que mal havia completado 18 anos, estava vivendo dias de muita tensão e não merecia ouvir esse tipo de comentário. Foram quatro meses sem ouvir nada com aquele ouvido e tomando calmantes porque, como não diagnosticaram o que eu tinha, os médicos chegaram à conclusão de que deveria ser um mal psicossomático, provavelmente por causa da preocupação com o vestibular. Um calmante, nesse caso, iria me fazer bem. Até que, sem mais nem menos, o som, assim como foi, voltou, e eu comemorei. Já não era mais quase surda! A cada instante, encostava o relógio no ouvido, do lado que estivera prejudicado, como se fosse uma rádio-escuta.

Não demorou muito para um novo susto tomar conta da família. Um ano depois desse episódio, eu estava participando de um curso para jovens, da Igreja Católica, e fazendo a leitura do Evangelho, quando percebi a dificuldade que eu estava tendo para enxergar. Por mais que me esforçasse, as letras sumiam do campo de visão do meu olho direito e tudo ficava negro.

– Procure um médico rápido, Valquíria. Isso pode ser um deslocamento de retina – disse uma orientadora do curso.

Lá fui eu direto para o médico e, de novo, tive más notícias: não se sabia a razão, mas, de fato, eu estava com a visão prejudicada, só via uma mancha negra à minha frente. Vou tentar explicar melhor: quando olhava para o rosto de uma pessoa, a primeira imagem que eu enxergava era a da mancha negra que estava circundada pelo cabelo, pelo pescoço e tudo mais que a circunferência abrangesse. Só que o nariz, os olhos e a boca da pessoa que ficavam justamente na parte central, eu não via. De novo, não se constatou nada que justificasse o quadro e a conclusão dos médicos foi, novamente, de uma causa psicossomática. Por isso, os calmantes voltaram a ser receitados para que eu restaurasse o equilíbrio físico-psíquico. Foram quarenta dias vivendo esse dilema e, com a mesma facilidade com que o sintoma apareceu, ele também sumiu.

Depois desses dois grandes pesadelos, minha vida transcorreu normalmente, como a de quase todo mundo. A diferença mais marcante ficou por conta dos cuidados que meus pais passaram a ter comigo. Afinal, eu tinha sido responsável pelos grandes conflitos que ocorreram na vida deles. Eu, por outro lado, fiquei com a sensação de ser o patinho doente da família, sempre frágil. Os cuidados comigo, muitas vezes, eram até exagerados. As pessoas da família começaram a tomar cuidado até na maneira de me dar as más notícias: "A Valquíria é tão delicada, coitadinha". Era assim que eu achava que todo mundo pensava. Tudo bem que isso era compreensível com relação ao meu pai e à minha mãe, mas não me sentia tão vulnerável como eles achavam. Pelo contrário. Sempre me julguei uma pessoa forte e muito sensata, em todas as fases da vida.

Formei-me jornalista, casei-me e tive uma filha. Depois que a Sheila estava com pouco mais de dois anos, voltei a trabalhar, e minha rotina de dona de casa e mãe de família não era diferente da de milhares de mulheres que passam horas fora de casa. Era realmente cansativo, mas nada de que eu não desse conta.

Não sei precisar quando surgiram outros mal-estares inexplicáveis de cansaço que, de vez em quando, instalavam-se em meu corpo. Era uma fadiga intensa, de quem já tinha lavado um tanque de roupa suja e ainda limpado a casa inteira, feito compras no supermercado e preparado o jantar. Só que, na maioria dessas ocasiões, eu não havia feito nada. Só estava imensamente cansada. Naqueles dias, minha queixa era realmente pelas dores nas costas, dessas de que muita gente reclama, provocadas por desvios ou sobrecargas na coluna vertebral. Comigo também foi assim e, a cada dia que passava, ficava pior.

Foram muitas idas e vindas a ortopedistas e neurologistas até descobrir que eu tinha má formação de vértebra, que só iria desaparecer se eu operasse a coluna. Fiquei apavorada, sobretudo depois que soube que o neurologista, o Dr. Antonio, iria fazer a operação usando um microscópio. Já imaginou se ele cortasse, por engano, algum nervo da minha coluna? O medo de ficar paraplégica me angustiava, mas fiz a cirurgia e tudo acabou dando certo. *Acidente de percurso*, pensei na época. Afinal, tem um monte de gente que faz uma cirurgia pelo menos uma vez na vida e nem por isso o mundo iria acabar. E não acabou mesmo.

Minha vida voltou a transcorrer de forma tranquila. Minha filha crescendo lindamente, meu casamento firme e feliz e a minha vida profissional, esta ia mesmo de vento em popa. Como jornalista, tive a chance de trabalhar numa das revistas que foi a sensação do mercado editorial por muitos anos, a *Veja*, em São Paulo, da Editora Abril. Foram seis longos anos de muitas madrugadas, mas que valeram a pena como crescimento profissional. Muitas vezes, eu chegava em casa de manhã, quando minha filha já estava saindo para ir à escola.

– Oi, mãe. Que tarde ou que cedo para voltar para casa, hein? Não está cansada? Como conseguiu dirigir depois de ficar a noite toda acordada? Vai trabalhar hoje, mãe? – Sheila me enchia de perguntas quando cruzava comigo na porta de casa.

Ganhei dois Prêmios Abril de Jornalismo, conferidos pela Editora Abril, às melhores reportagens de cada ano: um, em 1986, sobre a preservação dos jardins da cidade feita por empresas privadas, e o outro, em 1991, sobre a Revolução de 1932. Na época, para mim, foram duas noites de entrega de Oscar. "And the winner is... Valquíria Sganzerla", brincavam os apresentadores do troféu de prata, que tinha o formato de uma árvore, como a logomarca da editora. Aí que entendi melhor os artistas americanos. Não se tem mesmo muitas palavras para explicar o que se sente quando os holofotes recaem sobre você.

E foi naquele ano, de 1991, que mudei mais ou menos de área, dentro do jornalismo mesmo, e virei assessora de imprensa, que é responsável pela comunicação de uma empresa. Depois de um convite de trabalho para ser assessora de uma das dez maiores agências de propaganda, a Talent (atualmente, Talent/Marcel), passei para o outro lado do balcão e me transformei quase que na porta-voz das empresas por onde passei exercendo essa função – caso do Departamento de Comunicação do Grupo Abril e, depois, de outra agência de propaganda, a Salles/DMB&B, hoje Publicis Brasil. Mas esta é uma longa história que não vem ao caso agora.

É verdade que, muitas vezes, assim como acontece com a maioria das pessoas, quebrei a cara. Tomei atitudes que, a princípio, foram intempestivas e precipitadas, mas que não me trouxeram tantos prejuízos assim. Nada que eu não tivesse como remediar depois.

De verdade, não tive do que me queixar. Fui muito bem recompensada, tanto em termos de crescimento profissional quanto financeiramente. É aí que mora o problema de hoje em dia: após tantos anos levando uma vida de muito trabalho, fora e dentro de casa, onde também era responsável pelas compras no supermercado, no açougue, na farmácia, dos presentes, sabem o que eu faço atualmente? Pouquíssimas coisas. Ou, melhor, praticamente nada.

# 7

# Um novo caminho

Hoje, minha vida resume-se a ficar um longo tempo no computador escrevendo, brincando com joguinhos ou inventando alguma pesquisa na internet. Ou, ainda, lendo jornais, revistas, todo tipo de livros ou quaisquer artigos que me caiam às mãos. Crochê, tricô, costura e pintura são coisas para as quais não tenho a menor habilidade, coordenação e paciência.

Depois que passei a ficar em casa, em virtude de dificuldades físicas para usufruir do meu direito de ir e vir, por minha própria conta, o único trabalho que me trouxe prazer profissional foi o que fiz como freelancer para a ABCD, a Associação Brasileira de Crohn e Colite Ulcerativa. Durante sete anos fui jornalista responsável pela *ABCD em Foco*, a revista dessa associação, que apresentava matérias sobre doenças inflamatórias intestinais (DII) que também são crônicas e não têm cura, assim como a esclerose múltipla. Na verdade, esse trabalho acabou funcionando como uma terapia para mim, porque conheci e entrevistei médicos e pacientes que, de alguma forma, trouxeram-me certo consolo por ser portadora desse diagnóstico. Dá para imaginar isso? É que lidar com as DII também não é nada fácil, devido à multiplicidade de seus sintomas.

Porém, voltando à minha rotina de falta do que fazer, só posso dizer que ela é realmente estafante, por mais incrível que isso possa parecer. Ah, como sinto falta daquele monte de trabalho que deixava meu pensamento focado somente na revista que eu preparava... Entre entrevistas, pesquisas e matérias, eu quase me esquecia do diagnóstico que assolou a minha vida, mesmo que só por alguns minutos. Quanto já choraminguei pelos velhos tempos que hoje não vejo nem por uma luneta!

Atualmente, minhas dificuldades se restringem a uma questão pontual: a falta de equilíbrio e de força muscular para fazer qualquer tipo de caminhada, incluindo subir e descer escadas. Mais que dez metros, nem pensar.

Por muitos anos, adotei o uso de uma bengala como minha terceira perna, para me ajudar a controlar o desequilíbrio. Eu me lembro de como era ruim ver as pessoas me olhando andar na rua e imaginando (eu é que pensava) que se tratasse de alguém sob os efeitos das drogas ou do álcool. Certa vez, encontrei um amigo, também jornalista, para um happy hour num final de tarde, e saí do restaurante com a impressão de que ele, ao me ver andar esbarrando nas mesas e nas cadeiras, ficara imaginando que eu teria exagerado na bebida. Hoje, recordo-me desse episódio achando até graça da situação, mas a verdade é que continuo caminhando do mesmo jeito, senão pior. Ou seja, não consigo andar e manter-me em linha reta, nem por dois passos. Há alguns anos, deixei de dirigir porque não quero arriscar a minha vida nem a de ninguém, com receio de não ter comando sobre minhas pernas. Também há oito anos, rendi-me à cadeira de rodas e, por mais que eu lamente ter que usá-la, não posso ignorar que ela é a segurança do meu direito de ir e vir, de onde for e para onde eu quiser.

Bom, tenho que esclarecer que nada é tão simples assim. Como não tenho tanta coordenação motora, também não posso fazer muita coisa dentro de casa. Só para se ter uma ideia, não consigo carregar muitos pratos e travessas ao mesmo tempo ou uma simples bandeja que seja. Não dá, pois corro o risco de derrubar tudo no meio do caminho e ter que limpar o chão depois – e, o que é pior, precisar da ajuda de alguém para isso.

Para tudo o que se refere à casa, eu, na maioria das vezes, preciso de ajuda até para fazer coisas simples e banais, como abrir a tampa de um pote de geleia ou pegar um guardanapo sobre a mesa. Qual é a explicação para isso? Não tenho força nas mãos nem tato para sentir e manusear coisas pequenas ou extremamente finas. Lembram-se da história dos brincos, que só podem ser do tipo que parecem ganchos enfiados na orelha e não com fecho de tarraxas? É a mesma coisa.

E não para por aí. A temperatura dos ambientes onde estou também faz diferença. Muita diferença! Não posso ficar em locais que tenham temperaturas muito altas, o que quer dizer que tenho que me manter longe do sol e do calor de qualquer jeito. Tomar um banho de mar? Já faz muitos anos que não chego nem perto da areia. Aliás, o Guarujá está na minha memória como um lugar onde eu me sentia mal e acreditava, naquelas temporadas de férias com a família, que tinha problemas com a pressão arterial. E já era de praxe ter um vidro de remédio para pressão baixa sobre a mesa da cozinha, o qual eu tomava praticamente todos os dias.

Na primeira consulta ao neurologista, ele já me preveniu:

– Você não pode ter febre – disse.

É claro que não entendi o que isso queria dizer, nem a que ele estaria se referindo. Até que chegou o momento de descobrir o que a febre fazia com meu corpo. Foi num dia em que tive que voltar mais cedo do trabalho porque não estava me sentindo bem.

– Mãe, por que chegou mais cedo em casa? – perguntou Sheila, que estava se preparando para ir à academia de ginástica para fazer uma aula.

– Estou me sentindo cansada, afônica e acho que vou ficar com gripe. Quanto a você, não acha que vai passar frio vestindo essas roupas de ginástica curtas e decotadas? – disse eu já debaixo das cobertas.

– Mãe, está muito calor e, além do mais, você é quem está muito quente. Acho que deve estar com febre – reagiu Sheila ao me beijar.

Foi aí que a luz vermelha de perigo se acendeu. Febre? Como assim, febre? Eu não podia ter febre e estava com quase 38 graus de temperatura! Isso explicava minha completa dificuldade para andar, para sustentar o corpo, mesmo que sentada à cama, e até para manter a cabeça erguida. Experimentei e pude comprovar que, no meu caso, ter febre é um absoluto desastre. Daí, conclui-se, como costumo dizer, que, na época de final de primavera e, sobretudo, no verão, passo dias de um verdadeiro inferno astral. Por alguns anos, com tantas crises da doença, quase não dava para sair de casa, sendo obrigada a ficar confinada no quarto, literalmente entre quatro paredes, com o ar-condicionado ligado o tempo todo, até eu recuperar as minhas forças. Esse aparelho, aliás, passou a ser importante também nos carros da família e nos táxis que costumo chamar quando preciso sair por minha conta. Com as mudanças meteorológicas que têm ocorrido no mundo todo – e aqui em São Paulo não se sabe mais se é tempo de um calor insuportável ou de um frio assustador –, tenho notado que os dias de baixa temperatura já não passam incólumes.

– Socorro! Estão engessando as minhas pernas e está mais difícil para eu andar! – queixei-me certa vez para o neurologista, que confirmou que as baixas temperaturas também poderiam causar esse transtorno. Daí, como, para um quadro assim, não tem jeito, tive que me acostumar com isso e abortei qualquer sonho de conhecer as lindas praias do Nordeste.

# 8

# A força do pensamento

Quando eu era jovem, não se falava em esclerose múltipla ou os médicos não conheciam essa patologia até então. Como alguém poderia explicar por que eu apresentava formigamento numa das pernas e na outra não? Ou por que só sentia uma parte do meu rosto e a outra metade parecia estar completamente anestesiada? Era estranho para mim e para os médicos eu me queixar desses sintomas. Agora, pelo que parece, eles não estão perdendo tempo para fazer o diagnóstico da esclerose múltipla se ela realmente estiver instalada no paciente. Até ficou comum ouvir falar de alguém que tem esclerose múltipla ou então que acabou de descobrir que é portador da doença. Às primeiras manifestações, o paciente não demora a fazer exames neurológicos mais específicos.

Assistindo ao desenrolar de alguns desses casos, mesmo que de outras patologias, cheguei à conclusão de que há muitas pessoas, jovens inclusive, que vivem pesadelos piores do que o meu. Como se sente uma garota de 18 anos, pronta para cursar a faculdade, que acaba de descobrir que tem esclerose múltipla? Eu, afinal, só fui descobrir a doença quando tinha mais maturidade para compreender as limitações que teria pela frente. Acho que só o fato de ter mais idade quando descobri teria ganhado alguma vantagem, já que a doença não tem mesmo cura e penso que não teria feito diferença, exceto pelo lado emocional, se eu a tivesse descoberto antes.

Hoje, inclusive, tenho maturidade para olhar no meu entorno para refletir e ponderar sobre como vivem as pessoas que têm que fazer diálise todos os dias. Ou, então, aquelas que precisam fazer quimioterapia para controlar um câncer. Ou quem precisa aplicar insulina porque tem diabetes. E quanto à aflição que deve ter continuamente uma pessoa soro-positiva, com o risco de desenvolver AIDS? Imagino que também deva ser difícil para elas tocarem a própria vida. É aí que acabo fazendo o velho "jogo do contente". Há situações piores do que a minha. Afinal, tenho de admitir que, no meu caso, a doença, que é progressiva, parece estar controlada. Ou, no mínimo, caminhando, assim como eu, a passos lentos e demorados.

Aprendi a considerar que cada pessoa sabe onde e como aperta o calo e quanto de dor ele provoca, o que quer dizer que o problema de cada um é sempre o pior, o mais difícil de aceitar e conviver e o que de mais triste pode acontecer na vida. Isso vale para todo mundo.

No caso de quem tem alguma limitação física, o único diferencial é a forma como essa pessoa quer viver: se quer marcar sua presença no mundo (os deficientes que participam da Paraolimpíada são um exemplo disso), vivendo melhor, ou se prefere viver de uma forma pior, escondendo-se de tudo e de todos, como se estivesse com uma doença contagiosa.

Parece simples, não? Mas podem ter certeza de que não é. Você precisa, antes de qualquer coisa, vencer a barreira da sua própria resistência em admitir e conviver com as suas limitações. Chegou uma hora em que eu disse para mim mesma:

– Olha, não vai ter jeito. A doença não tem cura, está aí, só há remédios paliativos e por mais que os cientistas se esforcem, ainda vai demorar um tempão para se conseguir obter remédio para a cura definitiva. A cura, então, terá de partir de você mesma, de como vai lidar com suas limitações para se sentir segura e fazer alguma diferença no mundo.

Acho que esse é o caminho para todos que têm uma patologia mais séria: confiar no seu taco, respirar fundo e sair para a vida. Depois que admiti a mim mesma minha própria fragilidade, comecei a me achar o máximo como pessoa: uma pequena heroína que não vive só driblando as crises econômicas do país e, consequentemente, as da sua casa, mas alguém que se esforça para arrolar suas crises pessoais diariamente.

Precisa coragem, é verdade. Porém, quanto mais você faz isso para seu próprio bem-estar, maior naturalidade tem para abordar o problema.

Houve tempos em que, quando alguém me indagava sobre a maneira de andar, às vezes cambaleante, outras vezes descoordenada, eu, no máximo, dizia que tinha um pequeno problema neurológico. Hoje, é verdade, não saio por aí já avisando, a quem quer que seja, que tenho esclerose múltipla, mas reconheço que está muito mais natural encarar o problema. Tudo bem, eu tenho dificuldades físicas. Como já disse, andar mais de cem metros é um grande esforço. Entretanto, tenho outros talentos que, de alguma forma, facilitam minha vida e me proporcionam bem-estar. Sou inteligente e posso pensar e refletir sobre todas as questões físicas, materiais e até espirituais que me envolvem diariamente. Posso sorrir para quem eu quiser de um jeito fácil e tão espontâneo que me permite conviver melhor com as pessoas que cruzam o meu caminho.

Preciso chamar a atenção para outro dado que foi muito importante para meu equilíbrio físico e psicológico: minha crença em Deus. "Amar a Deus sobre todas as coisas", aliás, foi o mandamento que aprendi ainda criança e, desde então, esteve presente na minha vida, embora na fase adulta já estivesse de forma raciocinada, sem nenhum tipo de questionamento. Mas foi na fase da esclerose múltipla que descobri uma força interior que até então desconhecia. Acredito que Deus, Maomé, Alá, seja Ele que nome tiver, é o responsável pela força que me empurra a seguir em frente com determinação a tal ponto que continuo surpreendendo os médicos e a mim mesma com a minha capacidade de recuperação. É o Deus interior que está dentro de mim me impulsionando, me sustentando e me direcionando para onde devo ir e tudo o que devo fazer.

Assim como todas as pessoas que partem para tratamentos alternativos depois da descoberta de algum desconforto físico ou moral, eu também trilhei esse caminho em busca do alívio dos sintomas da doença. Fiz tudo o que me foi possível para ter alguma melhora física e sempre estive aberta aos novos tratamentos, sem nunca, no entanto, deixar os cuidados alopáticos que me eram recomendados pelos médicos.

Quanto aos medicamentos, foram vários os que experimentei e a maioria deles era extremamente cara e de procedência do exterior. Só alguns anos depois, o governo federal, através do SUS, passou a distribuir gratuitamente medicamentos de alto custo, como o Interferom, que tomei por muito tempo. Cortisona mesmo tomei só durante algum tempo, logo depois que descobri a doença. Creio que foi um período de maior quantidade de crises ou, pelo fato de me sentir insegura quanto aos sintomas da doença, talvez eu achasse que qualquer mudança na maneira de andar e falar já fosse o prenúncio de uma fase ruim que necessitasse desse remédio. Hoje, já conheço melhor meu corpo, reconheço mais facilmente quando é de fato hora de pedir socorro à cortisona e, sobretudo, sei que meus sintomas parecem ter se estabilizado, mesmo que ora apareçam e ora vão embora. Sobre o tão aguardado tratamento com células-tronco, este parece estar fora de cogitação.

– Esqueça, Valquíria – disse uma vez meu neurologista, quando lhe interroguei sobre essa novidade que aparecera como a boia salva-vidas para quem estava se afundando num diagnóstico difícil, sem chances de cura com medicamentos já conhecidos. – Não farei o implante das células-tronco em você porque para fazer este tratamento você teria que usar remédios para baixar a resistência do seu sistema imunológico e isso poderia provocar uma infecção generalizada a partir de uma simples infecção de pele, avaliando de forma drástica. Acho que não vale a pena correr este risco. Dentro do seu quadro, você está bem – disse o médico taxativo.

Depois desse argumento, convenci-me de que talvez não precisasse correr mais riscos de saúde do que os que já são conhecidos para quem está vivo, tenham ou não problemas de saúde.

# 9

# Um foco de luz

EM 2003, INGRESSEI no DMR, a Divisão de Medicina de Reabilitação do Hospital das Clínicas, na Vila Mariana, em São Paulo. Depois de esperar por seis meses, após ter passado pelo processo de triagem de pacientes, fui chamada para fazer o programa de tratamento do DMR e frequentei, duas vezes por semana, essa divisão do HC. Lembro-me de que, quando iniciei o tratamento, a prognóstica feita por mim mesma não era de todo positiva. Tudo bem conviver com outras pessoas que também tinham problemas com doenças crônicas, assim como eu, mas o mais difícil era ter que conviver com aquelas pessoas que estavam paraplégicas ou hemiplégicas e ficavam desfilando pelos corredores da unidade fazendo exercícios.

Nas sessões de fisioterapia, era um tal de tira a prótese, põe a prótese, com a maior naturalidade entre os pacientes que tinham sofrido alguma lesão ortopédica (a maioria devido a acidentes de carro) e estavam em busca de melhora na marcha. No início, era justamente isso que me assustava: como aquelas pessoas podiam encarar com tanta naturalidade o problema com próteses e, pior ainda, aqueles que, como única opção, tinham uma cadeira de rodas? Foi difícil para me acostumar com o quadro.

E havia as sessões com a assistente social, na Terapia Ocupacional, em grupo, com a psicóloga e os encontros de pacientes nos corredores, nas salas de espera dos consultórios, na enfermagem... Ufa! Não sei dizer em que momento aquela convivência deixou de ser difícil, pesada e passou a ser de momentos que me traziam grande prazer. Estou sendo inocente, ingênua, fantasiando a situação ou dourando a pílula? Não. Em absoluto. Pelo meu estado físico, os fisiatras e as fisioterapeutas pouco puderam fazer, exceto me ensinar tudo o que posso fazer, tudo o que devo fazer e, por outro lado, tudo o que não posso fazer nem devo insistir.

Minha doença é crônica, progressiva e não tem lá muita coisa que pode ser feita. Mas o que eu quero registrar é o que aprendi com pessoas que até então não conhecia e das quais, ainda hoje, não sei o nome, nem tenho o endereço ou telefone. Só tenho a agradecer pelo olhar carinhoso que muitos pacientes trocaram comigo, pelo interesse que muitos demonstraram em me conhecer melhor, pelos votos de melhora que, na opinião de alguns deles, eu certamente teria: "Lembre-se de que, para Deus, nada é impossível", muitos me disseram.

Certo dia, fazendo fisioterapia, onde estavam outros pacientes também fazendo exercícios, o profissional que me atendia quis saber um pouco da minha história: o que aconteceu, quando descobri a esclerose múltipla e coisas do gênero. Até que cheguei no assunto do livro que gostaria de escrever para trocar experiências com quem está passando por um processo similar. De cara, falei da ideia deste livro, que já tinha nome. Horas depois, para minha surpresa, encontrei a filha de uma paciente, que me perguntou:

– Não pude deixar de ouvir você falando de um livro sobre a relação de pacientes com a família, como o médico lida com os pacientes, alguma coisa sobre corrimão, que me interessou. Pode me dar o nome do livro e onde eu poderia encontrá-lo?

Contei, então, para minha futura leitora, que o tal livro sequer tinha sido escrito...

Eu fiquei até meados de julho de 2004 participando do programa dessa Divisão do HC. Ao final, ela já era uma extensão da minha casa. Aquela convivência com os pacientes era gostosa e enriquecedora! Ficou fácil para eu sorrir naturalmente. Simplesmente pelo fato de dar um "Bom dia" para alguém.

Ficou fácil conviver com pessoas que faziam parte do meu grupo de sessões com a psicóloga ou com a assistente social e que tinham diagnósticos dos quais eu nunca tinha ouvido falar, como, por exemplo, doença de Wilson (doença hereditária, cuja principal característica é o acúmulo tóxico de cobre nos tecidos, principalmente cérebro e fígado, o que leva o portador a manifestar sintomas neuropsiquiátricos e de doença hepática) e síndrome de Huntington (distúrbio neurológico também hereditário, caracterizado por causar movimentos corporais anormais e falta de coordenação, também afetando várias habilidades mentais e alguns aspectos de personalidade). Assim como eu nunca mais esqueci dos rostos dos pacientes que faziam parte desse grupo, para sempre vou me lembrar das conversas que tivemos naquele ambiente que, fisicamente, era gelado como um hospital, mas a nossa parceria como pessoas irmanadas por suas fragilidades aquecia o lugar. Ficou mesmo uma lembrança para a vida toda!

# 10

# Eu quero é ser feliz

NÃO É NOVIDADE para ninguém que quando uma pessoa descobre que tem um problema sério de saúde, recorre a todos os tipos de tratamento que lhe aparecem pela frente. Alopatas ou não. O que interessa é resolver o problema, atrasar a chegada de sintomas e, se possível, curar a doença.

Comigo não foi diferente. Cheguei a me submeter às cirurgias espíritas em diversos lugares, durante alguns anos, e posso dizer que foi uma experiência bastante enriquecedora do ponto de vista das oportunidades que tive para provar minha fé em Deus. Não quero fazer apologia a qualquer tipo de crença. Deus é um só e cada um tem que encontrar seu próprio caminho para chegar até Ele. Que bom que não precisei estar à beira da morte para isso acontecer de forma tão intensa em minha vida!

Também tive acompanhamento psicológico com uma terapeuta que me ensinou a expandir meus níveis de consciência e a me autovalorizar, apesar da esclerose. Em nossos encontros pude, definitivamente, perceber que o que passou, passou. Eu estava gastando muita energia para chorar em cima das lembranças de como tinha sido minha vida até então e tudo o que perdi, ao invés de me fortalecer para encontrar novas opções de trabalho e de lazer. Apesar de minha resistência inicial, valeram a pena todas as sessões e hoje estou mais forte, mais consciente daquilo que posso e o que não posso fazer, lidando com minhas limitações de forma mais tranquila.

Ainda há a fitoterapia: ah, quanto chá de alecrim eu tomei... A primeira vez foi por orientação da entidade que tinha me assistido numa operação espírita. Esta foi a conversa que eu tive ao telefone com uma das pessoas que me acompanharam nessa ocasião:

– Dona Cida, é Valquíria.

– Olá! Como você está?

– Estou péssima e acho que estou entrando numa crise. Estou com muita dificuldade para andar, minhas pernas estão pesadas. O que eu faço?

Eu estava quase desesperada porque, além daqueles sintomas desagradáveis, estava muito ansiosa porque tinha uma viagem programada para acontecer naqueles dias.

Depois de algum tempo, ela retornou ao telefone e me disse:

– Você tem que tomar chá de alecrim.

– Chá de alecrim? – disse eu, assustada com a indicação da receita caseira.

– Isso mesmo. Tome quantas vezes por dia quiser – falou ela de forma suave, mas segura.

– A senhora tem certeza de que é só isso? – insisti.

– Tome, Valquíria. E confie.

Foi o que fiz. Sem críticas, sem questionamentos, com o meu coração aberto e toda minha força de pensamento de que essa erva iria me ajudar. Faz mais de vinte anos que tive essa indicação e, até hoje, quando sinto que não estou bem e está mais difícil para dar os passos, tomo chá de alecrim. Tenho certeza de que só a energia de pensamento que deposito nesse medicamento natural é o que me faz recuperar as forças e ficar bem de novo. Acho que os cientistas deveriam prestar mais atenção nas propriedades dessa erva. Desde a primeira vez em que tomei o chá de alecrim, ele ajudou a recuperar minhas condições físicas. Tanto é assim que eu pude fazer a viagem que estava programada e, quanto ao meu médico neurologista, ele nunca soube dessa crise que passei em casa, quase sem poder andar.

É essa determinação para tudo o que vou fazer, seja um tratamento, seja lazer ou seja trabalho, que me move. Continuo com meus desejos e ambições à flor da pele. A diferença é que agora eles estão dentro de um corpo que nem sempre me obedece e não tenho como voltar ao que era antes. Será que isso pode ser o fator responsável por todas as frustrações que posso ter na vida? Será que, além de carregar um fardo tão pesado, como é tudo o que tem a ver com saúde, uma pessoa ainda precisa se esconder, camuflar ou forjar uma situação para sentir-se um pouco mais à vontade? Não pode ser assim...

Por outro lado, na maioria das vezes, precisamos parar de olhar para o próprio umbigo. Muita gente, ou quase todo mundo, tem problemas: de saúde, de dinheiro, de casamento, com os filhos, com o trabalho. A vida não é fácil para ninguém, mas ela pode ser vivida mais facilmente quando você dá valor para o que realmente tem valor. O que não tem, embora algumas vezes seja difícil, tem que ser deixado para lá.

Acredito que o trabalho também seja um bom remédio para quem quer se sentir vivo, atuante, realmente produtivo. Que fantástico seria se os empresários e patrões não se perturbassem ou duvidassem da capacidade de quem tem limitações físicas e lhes dessem todas as oportunidades de mercado. Ou, pelo menos, iguais as de quem não tem dificuldade física. Não valem aqueles cargos que algumas vezes são criados, até na área do governo, mas que, na verdade, acabam sendo quase fictícios, porque o foco fica em chamar a atenção para a contratação de um deficiente físico, mas, na prática, nada acontece. Exceto o aumento da autoestima das pessoas, que fazem da demagogia a sua bandeira de trabalho. Que bom se quem vive esse dilema pudesse falar com o seu patrão e outras pessoas da empresa com total franqueza, sem se preocupar em esconder ou disfarçar sintomas. Mais ainda: sem se angustiar em poder estar comprometendo seu trabalho segundo a visão de quem lhe paga o salário.

Os sentimentos que tomam conta da vida de quem vive um drama pessoal, seja em que nível for, já são tão confusos e contraditórios que a gente tem de desanuviar a sombra negra que se instala sobre nossas cabeças. Como fazer isso com sucesso? Realmente não sei. Pelo menos não tão facilmente. Mas de uma coisa estou certa: não dá mais para viver driblando a mim mesma e aos outros. Não dá mais para ficar me escondendo como se eu tivesse uma doença rara e contagiosa. Apesar de todas as limitações, de todos os prognósticos negativos e todos os desafios diários, eu quero ser feliz!

# 11

# Deus na minha vida

NÃO QUERO FICAR apregoando a importância de Deus na vida das pessoas. Como eu já falei, essa é uma questão muito pessoal e quando você pode compartilhar e ter o apoio da sua família ou dos amigos é maravilhoso. De certa forma, sempre convivi em paz com Deus e, apesar de todos os problemas que surgiam, na maior parte das vezes inesperadamente na minha vida, nunca me revoltei contra Ele.

É verdade que algumas vezes, se não a maioria, não entendia por que eu tinha que ter aquelas dificuldades de visão, de surdez ou para andar, se sempre fui uma menina meiga, que depois se transformou numa mulher gentil e educada que nunca fez mal a ninguém. Hoje, depois de me encontrar na doutrina espírita, são os ensinamentos de Allan Kardec que me trazem mais explicações para tudo o que tive que enfrentar, e são eles que acalmam meu coração e me impulsionam a seguir adiante.

Por doze anos frequentei um centro espírita na Vila Mariana, o Núcleo Assistencial Bezerra de Menezes, onde, além de aprender sobre a doutrina nos cursos que lá são oferecidos, tive a oportunidade de aprender a fazer a verdadeira caridade. Não aquela caridade voltada somente para coisas materiais e que algumas pessoas podem achar que é preciso fazer para ir para o céu, como distribuir esmola aos pobres. As pessoas, na verdade, precisam, sim, ter boas condições para viver bem. Precisam de moradia, de alimentação, de estudo, de atendimento médico e mais algumas coisas para ter uma vida tranquila. Mas não é a isso que me refiro. Com a doutrina espírita aprendi que o importante é doarmos nossa paciência, nosso tempo, nossa alegria e nosso amor às pessoas que são mais necessitadas e as quais, na maioria das vezes, nós sequer conhecemos. Resumindo, é nos doarmos inteiramente, o quanto mais e melhor pudermos, sem restrição à raça, cor, religião e opção sexual das pessoas, o que, na verdade, deveria ser o nosso catecismo de vida. Em 2016, passei a frequentar o Nadluz – Núcleo Assistencial Divina Luz, também na Vila Mariana.

Minha intenção, porém, não é falar dessa ou daquela crença religiosa. Cada um deve fazer as próprias escolhas, conforme os ensinamentos que mais lhe aprouverem. Quero chamar a atenção para como é bom você ter no que acreditar ou em quem acreditar; coisas que lhe fazem sentido e, por outro lado, não lhe trazem nenhum questionamento. Ao contrário disso, você vive em constante estado de harmonia com todas as pessoas que estão à sua volta e por mais que seu problema exista e continue presente todos os dias da sua vida, ele passa a ter as proporções que realmente tem. Nem mais, nem menos.

Aprendi, na doutrina espírita, que também não é a Deus que tenho que atribuir tudo o que acontece de bom ou de ruim comigo. Não. Por incrível que pareça, segundo a doutrina codificada por Allan Kardec, fui eu mesma quem escolheu passar por essas dificuldades nesta encarnação, para me tornar um espírito mais evoluído. Imagino que eu deva ter achado que teria força e resistência para passar por essa doença com tranquilidade e que, no final, não seria nada de tão trágico. Realmente, não posso entender como essa escolha tenha sido feita. Agora, admito que não tem sido tão fácil, como talvez eu tenha imaginado, mas continuo dura na queda para me entregar à esclerose múltipla e toda vez que a coisa aperta, aparece uma força que vem de dentro de mim, fazendo-me resistir aos novos embates, sejam eles de que nível for.

Por mais estranho que possa parecer, eu me pego sorrindo muitas e muitas vezes, sem nem mesmo ter motivos para isso. Gosto de sorrir para as pessoas e quero levar minha alegria a todos que cruzarem meu caminho.

Sobre a esclerose múltipla, atualmente, eu a enfrento com a esperança de que tudo dará certo no final. No entanto, nas orações a Deus, sempre peço para que Ele me dê força e coragem para enfrentar tudo o que estiver no meu caminho e para que eu nunca, nunca, perca a alegria. Que assim seja, graças a Deus!

# 12

# O tiro que saiu pela culatra

O TÍTULO DESTE CAPÍTULO foi o primeiro que me ocorreu assim que pensei em escrever sobre a minha bexiga neurogênica. É, este é o nome de um dos sintomas que apresento e com o qual também tive que aprender a conviver.

Chama-se bexiga neurogênica quando esse órgão do nosso corpo apresenta mau funcionamento devido à doenças do sistema nervoso central. Na prática, quer dizer que um paciente de esclerose múltipla pode ter muita dificuldade na hora de fazer xixi e eliminar a urina produzida pelos seus rins: ou por que ele simplesmente não consegue eliminar os 500 ml, no mínimo, de água que são armazenados ali; ou por que perde a capacidade de controlar seus esfíncteres e passa a correr o risco de eliminar a urina em qualquer lugar.

No meu caso, o que acontecia é que, quando eu tinha vontade de fazer xixi, precisava encontrar um banheiro com urgência. Só que mesmo depois de ficar vários minutos aguardando a saída daquele líquido amarelo e depois de ter comprimido à exaustão a barriga, nada acontecia. Ufa, era um transtorno, além de um tremendo incômodo, porque essa minha incapacidade para fazer xixi provocava uma dor muito forte no meu abdome. Vai demorar muito para eu esquecer esses momentos de tantas idas e vindas ao banheiro sem resultado. Por outro lado, sei que nunca, mas nunca mesmo, vou apagar da memória as vezes em que eu queria muito fazer xixi e estava dentro do carro, durante uma viagem, ou simplesmente dentro de um elevador, e sem conseguir resistir à pressão no aparelho urinário, molhei-me.

Fazer xixi na calça, depois de adulta e na frente de qualquer pessoa, é muita humilhação. Por mais que você pense que vai segurar o xixi e parar com aquele vexame público, isso não acontece, ou seja, você não tem poder sobre nada! Lamento isso, com total convicção.

Até que, um dia, meu neurologista achou que já era hora de eu conhecer uma médica urologista do Hospital das Clínicas, que me ensinaria a usar as sondas de polipropileno para me autossondar.

*Como é que é? Eu vou ter que pôr esse fio de plástico dentro da minha uretra? Espera aí, onde é que fica exatamente a uretra?*, questionei-me, já procurando o computador para fazer a pesquisa na internet sobre o corpo humano.

Por mais que os médicos e enfermeiras tenham me adiantado e até mostrado que a autossondagem trata-se de uma operação simples e fácil, só depois pude comprovar, no silêncio do meu banheiro, comigo mesma, que iria precisar de muita quilometragem fazendo aquela operação até me sentir familiarizada com esse procedimento. No começo eram seis vezes por dia, uma a cada quatro horas. Hoje, passados doze anos que cuido da minha autossondagem são, normalmente, quatro vezes por dia, raramente nas madrugadas.

Realmente, não foi fácil nas primeiras vezes. Munida de um banquinho para apoiar uma perna em posição quase ginecológica, mais um espelho para visualizar a região da uretra, uma lanterna, uma sonda e um creme para lubrificar, eu tinha uma lista de recomendações para seguir.

*Mire a luz no buraco da uretra porque aqui é muito escuro*, ficava me dizendo o tempo todo em que olhava para minha vagina.

*Preste atenção na assepsia*, e me controlava para não encostar em nada, em nenhum lugar à minha volta.

*Põe bastante creme na sonda para deslizar mais facilmente dentro da uretra.*

Nem sempre paciente, nem sempre segura, eu fui, dia após dia, aprendendo a manusear melhor todos aqueles apetrechos.

Foi assim que passei a dominar cada vez mais a arte da sondagem de alívio da bexiga. E, muitas vezes, mesmo contra minha vontade, aprendi a conhecer mais e a respeitar melhor o meu físico que, apesar de afetado pela esclerose múltipla, ainda dava sinais de suas vontades e exigências.

*Eu acabei de fazer a sondagem e preciso começar tudo de novo porque continuo com vontade de urinar?*, lembro-me da minha surpresa quando isso acontecia e que, raramente, ainda acontece.

*Gente, alguém pode me dizer onde está o buraco da minha uretra, que estava aqui e agora eu não estou achando?*, quantas vezes implorei irritada, com as tentativas de introdução da sonda, num põe e tira, põe e tira. Isso também pode, eventualmente, ainda ocorrer.

Ficar nervosa não adianta nada, sequer ajuda. Tenho que admitir que não é tão difícil, pois é só encostar a pontinha da sonda na uretra e, pronto, o xixi sai imediatamente.

Aproveito, então, para reafirmar que o tiro saiu mesmo pela culatra, como diz o velho ditado. Fazer a sondagem, às vezes, pode ser demorado e até cansativo, mas a liberdade que ela trouxe para minha vida... Uau! Foi bom demais! Ter imprevistos de perda do controle urinário? Nunca mais. Ter urgência urinária? Raramente. No capítulo de problemas com infecção, eles não são recorrentes. Passo anos sem ter que recorrer aos antibióticos. E ainda há outras vantagens.

É muito tranquilo estar num barzinho com amigos e, depois de algumas horas de chope, ficar assistindo à romaria das pessoas rumo ao banheiro e eu não precisar me mexer da cadeira. Ou não precisar interromper os momentos de sexo com o meu parceiro porque tenho que fazer xixi, o que, no caso das mulheres, acontece com alguma frequência, independentemente de ela ter ou não esclerose múltipla.

Chorei tanto quando precisei começar a fazer a autossondagem por medo do que viria pela frente... Hoje, costumo dizer que o tiro saiu pela culatra, porque me autossondar pode ter mexido com meus hábitos diários, exigido mais da minha disciplina e da minha paciência, mas me sinto livre para programar diariamente minha rotina urinária. E, via de regra, como eu quiser!

# 13

# Dia do sim e dia do não

AGORA, QUERO FALAR de uma coisa que me acompanhou a vida toda, como já me referi anteriormente, mas nunca consegui chegar perto de ter, minimamente, afeição por ela. Muito tempo atrás, já me explicaram as razões de ela estar sempre perto de mim, mas numa demonstração de absoluta teimosia, nunca as entendi totalmente. Ou melhor, de um jeito mais do que acomodada, fui convivendo com ela aos trancos e barrancos.

Estou falando da fisioterapia, aquela ciência da saúde que previne e trata dos distúrbios ocasionados por alterações genéticas, traumas e luxações, além de uma série de desconfortos físicos adquiridos pelo ser humano ao longo de sua vida. Imagino que seja quase unânime a opinião de que é bom fazer fisioterapia quando se tem algum problema físico porque, graças aos seus exercícios repetitivos, ela pode ajudar a recuperar algum movimento que, eventualmente, possa estar comprometido. Eu, no entanto, não posso deixar de lembrar que parece que nove entre dez pessoas que são ou foram usuárias da fisioterapia não gostam de ter que se exercitar algumas vezes durante a semana, em busca de uma melhor qualidade de vida.

Talvez eu não seja muito convincente nos argumentos, mas, em minha opinião, é muito chato fazer fisioterapia. É muito chato ter que seguir um roteiro de movimentos que não têm a menor graça e você sabe que não vai te levar a lugar nenhum. É muito chato ficar sujeito àquela contagem que nunca termina... É muito chato você se cansar fazendo movimentos que não te trazem prazer algum. Só que, assim como a maioria, não posso deixar de admitir a importância da fisioterapia na vida das pessoas, sobretudo quando elas têm problemas físicos ou neurológicos. Atualmente sei reconhecer no meu físico como ela tem sido eficiente para me dar mais coordenação e equilíbrio para me locomover, para quando preciso entrar e sentar no banco do carro, para eu ficar mais ereta, quando preciso andar dois metros para ir ao banheiro ou até para me mexer na cama. Vivo me questionando, então, por que meus sentimentos com relação à fisioterapia são tão antagônicos: eu gosto da fisioterapeuta, mas detesto fisioterapia; eu gosto de me sentir magra fazendo os exercícios, mas detesto fisioterapia; eu admito que, fisicamente, ela me faz muito bem, mas detesto ter que fazer fisioterapia.

Na verdade, não há nenhuma resposta que possa me agradar porque, assim como na matemática dois mais dois são quatro, no caso dos pacientes portadores de esclerose múltipla, fazer fisioterapia é fundamental para que seus nervos e/ou músculos não atrofiem. Simples assim. Até já me indaguei sobre o que custa perder menos de uma hora, duas vezes por semana, para tentar garantir que meu físico fique o menos possível comprometido?

*Não custa nada*, respondo prontamente.

O problema é me deparar com as limitações físicas. E isso não me agrada. Muito pelo contrário, só me traz desapontamento, angústia e frustração. É muito ruim me deparar com a fragilidade para fazer determinadas coisas, como, por exemplo, ficar deitada na cama, com os joelhos flexionados e os pés apoiados por mais de dez segundos sem deixar a perna tombar. Ou, então, ainda deitada, flexionar os joelhos e puxá-los em direção à minha cabeça, abraçá-los e permanecer assim por pouco mais de dez segundos. Nem sempre isso é possível porque ou balanço muito ou perco a força para segurar as pernas.

Há ainda outra coisa que, se não for pior, é bastante difícil: a inconstância do meu estado físico. Há dias em que faço os movimentos com certa facilidade para quem é considerada portadora de necessidades especiais. São chamados por mim de dias do sim. Por outro lado, há os dias do não, quando não consigo fazer absolutamente nada, simplesmente porque me falta força muscular, equilíbrio ou coordenação motora.

*Mas eu fiz isso ontem! Como é que hoje eu não faço?!*, fico ainda chocada quando isso acontece.

Demorei um tempo para entender que, com a esclerose múltipla, um dia pode não ser exatamente igual ao outro, inclusive no que se refere à fisioterapia. Teoricamente, quanto mais vezes você fizer um movimento mais vai aperfeiçoá-lo ao longo do tempo, certo? Com meu diagnóstico não é assim que funciona. Para fazer o exercício da ponte, por exemplo, que é padrão e sempre indicado para os pacientes, continuo tendo muita dificuldade (deitada na cama, com as pernas flexionadas e pés apoiados, você precisa subir e descer o quadril por dez vezes) e costumo até brincar nas sessões de fisio: "Ainda não ficou pronta essa ponte?", lembrando que faço esse movimento há pelo menos trinta anos (e fiz em todos os lugares por onde passei).

O que aprendi mesmo foi a respirar fundo não só para encher o peito e soltar o ar pela boca, como algumas vezes é indicado, mas a respirar profundamente para acalmar o coração. É muito chato, sim, fazer fisioterapia e não saber se algum dia irei gostar dela. O que sei é que estou viva e pronta para defender meu físico contra invasores que queiram tomar conta dele sem a minha autorização. E, se para fazer isso eu tiver que continuar contando de um a dez como se fosse um mantra, então vamos lá, é o que vou fazer pelo tempo que for!

# 14

# Como vai você, agora?

DEMOREI TANTO PARA dar prosseguimento a este projeto que, talvez, as pessoas queiram saber como estou atualmente, em 2016. Quero contar, então, que, no final de 2012, experimentei outro quadro grave da esclerose múltipla: a total dependência de outra pessoa para me ajudar a comer, tomar banho, mexer-me na cama e até a me instalar no vaso sanitário. Àquela altura, do jeito como iam as coisas, eu, claro, não esperava passar por essa crise da doença, e nem nos tempos da surdez e da cegueira me lembro de ter passado por momentos de tanta angústia e apreensão.

Perdi quase que totalmente o controle sobre meus movimentos: fazer as coisas com os braços e as mãos parecia brincadeira de criança fazendo gestos sem coordenação. Andar e me locomover, somente sentada numa cadeira comum, que precisava ser empurrada por outra pessoa.

Não perdi, ainda bem, o controle dos esfíncteres, mas, a cada vez que precisava fazer minhas necessidades fisiológicas no banheiro, eu precisava ser carregada até lá. Foi difícil me ver tão dependente de outras pessoas, mesmo sendo pessoas da minha família. Mais difícil ainda foi me ver tão carente de ajuda, como eu estava...

Somente depois de quase cinco meses convivendo com essa situação e um tratamento com pulsoterapia, quando alguns medicamentos são aplicados diretamente na veia, é que melhorei. Desde então, recomecei a fazer algumas das tarefas que faço em casa, como pôr as roupas na máquina de lavar ou pôr a louça suja na máquina de lavar pratos. Ah! Tem ainda tirar a comida do freezer para o jantar.

Preciso admitir que há outras tarefas que também costumo dar conta. É que são menos importantes na rotina de uma casa e de uma família. Na verdade, eu as sinto tão menos interessantes perto da rotina que já tive na vida, que não dou muita atenção a elas. Ou melhor, só dou atenção quando paro de olhar para o próprio umbigo, olho no meu entorno e vejo que há pessoas que podem fazer muito menos do que eu. Imediatamente, então, sorrio para mim mesma, respiro fundo e continuo enfrentando a vida com a esperança de que tudo dará certo no final.

Hoje, quatro anos após esse susto, eu estou bem. Aliás, muito bem para o tempo que tenho a doença, segundo o aparecimento do primeiro sintoma (a surdez, aos 18 anos, lembram-se?). Continuo uma mulher simpática, interessante e algumas pessoas dizem que tenho uma aparência bonita e tranquila, de quem está de bem com a vida. Se as pessoas me veem sentada então, ninguém suspeita que eu tenha enxaqueca, quanto mais um problema do tamanho da esclerose múltipla. É só quando me veem andando ou tentando descer/subir escadas e balançando feito um pudim é que as dificuldades ficam, definitivamente, aparentes. Quando isso ocorre, aliás, não há quem não fique morrendo de medo pelo que pode acontecer comigo! “Precisa de ajuda?”, é a pergunta que mais ouço nesses momentos, e aprendi a não recusar nenhum tipo de apoio, sobretudo porque acho que, se eu fizer isso, posso me estatelar no chão no momento seguinte.

Mas posso dizer, do fundo do coração, que realmente estou bem. Não é um paradoxo? Ou, então, minimamente contraditório? É, sim, e não tenho como explicar esse meu jeito de encarar a vida – a doença –, exceto pelo fato de achar que há muitas coisas piores do que o que eu tenho. Mesmo que eu não queira ficar me comparando com outros doentes, não posso deixar de pensar nos pacientes das doenças inflamatórias intestinais, que também podem ter histórias muito tristes para contar. Eu, que escrevi durante sete anos a revista da ABCD, a Associação Brasileira de Colite Ulcerativa e Doença de Crohn, aprendi que, para os pacientes com esses diagnósticos, não é nada fácil passar pelos sintomas que essas doenças podem provocar. Muitas vezes, cheguei a acreditar que o que eu tinha não era nada perto de algumas histórias que ouvia ou apresentava na revista. Ou, então, como não me compadecer pelas crianças que têm câncer e que estão instaladas na Casa de Apoio à Criança com Câncer, no bairro da Aclimação, em São Paulo, para se tratarem da doença? Essa instituição recebe crianças de qualquer lugar do Brasil, que chegam com suas respectivas mães, em busca de tratamento em São Paulo. Ou melhor, em busca de esperança de vida. Junto com um grupo de amigos, todos voluntários, costumamos visitar a Casa de Apoio, pelo menos a cada dois meses, tentando promover atividades que levem alegria e diversão para a garotada.

Não posso me mostrar indiferente. E, de fato, não consigo ser! Por um lado, fico feliz por ficar sensível frente às dificuldades das pessoas, sobretudo se forem físicas ou que tenham a ver com saúde; e, por outro lado, fico satisfeita por não me vitimizar diante das dificuldades. Não sou a única coitadinha no mundo e nem quero ser. O que sei é que não consigo ficar sem sorrir quando estou envolvida com os trabalhos voluntários dos quais participo, como o trabalho semanal que fiz durante mais de dez anos no Núcleo Assistencial Bezerra de Menezes, na Vila Mariana, por exemplo, ou visitando um sanatório de hansenianos em Suzano, em São Paulo, ou em Betim, cidade de Minas Gerais, alguns lugares onde já estive para isso. Na verdade, gosto muito de me ver calma e serena e o trabalho voluntário, seja em que lugar for, contribui bastante para isso.

Agora, também é preciso levar em conta que o fato de eu não me "vitimizar", ou melhor, de eu não me considerar uma vítima do destino porque tenho esclerose múltipla, não quer dizer que sofra menos que um paciente que se recusa a aceitar esse diagnóstico e se entrega às crises sem fazer nenhum combate. Não, não é assim! Mas não quero dar a impressão de ser uma pessoa completamente conformada, que não percebe a progressividade da doença no próprio organismo. Isso é impossível. Eu percebo, sim, quando quero fazer algum movimento que até na véspera eu fazia de forma corriqueira e que hoje já não consigo. Não consigo deixar que isso passe despercebido por mim.

Mesmo depois desse tempo todo convivendo com a esclerose múltipla, ainda noto cada alteração, não só no meu físico como no meu comportamento. Continuo reclamando muito quando percebo uma nova dificuldade, ou que seja velha, não importa, para fazer alguma coisa. Qualquer coisa! Cheguei já a defender a teoria de que os pacientes de uma doença crônica são uns "reclamões" e eles até que ficam imunes de julgamento porque, em geral, têm razões de sobra para fazê-lo: além de ficarem convivendo noite e dia com uma doença que não tem cura, eles precisam ficar driblando sequelas o tempo todo – ora uma aqui, ora outra ali. E esses pacientes têm que assistir a isso passivamente? Não. Só que é preciso ter em mente que ninguém gosta de conviver com alguém que fica 24 horas reclamando de tudo. De alguma forma, a gente tem que extravasar essa pressão constante que só traz frustração e sentimentos ruins para nosso dia a dia. Ficar brigando com o marido ou a parceira, ou com os filhos, vizinhos, empregados, não dá. De qualquer jeito, sugiro que somente se faça essas queixas quando se estiver sozinho no quarto ou no banheiro e, de preferência, que não tenha ninguém no cômodo ao lado para se incomodar. É preciso ter bom senso!

Outra coisa que faço agora, depois de mudar radicalmente a maneira de olhar para a vida, é que só dou importância ao que realmente merece importância.

Durante esse processo, tive que fazer algumas escolhas, e a mais difícil de todas foi terminar meu casamento. Foram 35 anos de uma união que deu muito certo na maior parte do tempo, até que chegou ao fim e tivemos que ter muita coragem para seguir adiante, cada um no próprio caminho. Assim aconteceu e a vida continuou...

É claro que há momentos em que ainda tenho medo de ter que enfrentar novas limitações, sobretudo agora, sem meu marido ao meu lado. É aquele medo do escuro ou de uma situação desconhecida que a gente não sabe como vai enfrentar. Nesses momentos, costumo me dar cinco minutos para ficar ruminando e digerindo esses sentimentos de aflição. Cinco minutos e só isso (modo de falar, porque não fico cronometrando no relógio). Depois desse tempo, acho perda de energia me desgastar, choramingando para cá e para lá, sendo que nem eu, nem os médicos, podemos resolver o problema de uma vez.

Ficar me banhando em lágrimas só vai comprometer ainda mais a resistência do meu sistema imunológico e isso é o que eu definitivamente não quero. Muito pelo contrário, preciso confiar que, apoiada no corrimão de amor que me sustentou por todos esses anos, da família e de amigos, e que ainda o faz até hoje, vou continuar resistindo a toda investida da esclerose múltipla. Quem vai ganhar ou perder essa batalha? Não tenho a menor ideia. O que eu sei é que, como já disse e não vou me cansar de repetir, eu quero ser feliz. Do melhor jeito que eu puder!

FONTE: Minion Pro
IMPRESSÃO: Paym

#Talentos da Literatura Brasileira
nas redes sociais

novo século®
www.novoseculo.com.br